Wolfgang Meyer, Partenheim, 2016
Alle Rechte liegen bei dem Autor

Herstellung und Verlag:
BoD - Books on Demand, Norderstedt

ISBN: 9783741225857

Das Lachen eines Kindes,
Erleuchtet unsere Welt,
Die Freude und der Frohsinn,
Jedem Mensch gefällt,
Und lachen alle Kinder,
Auf dem Planeten hier,
Gibts auch keine Kriege,
Und darum leben wir.

Lara
Im Regenbogenland

Inhaltsverzeichnis

Einleitung	6
Entstehung	7
Lara Sunshine aus den Smokey Mountains	8
Das Blockhaus	12
Am Fluß	15
Die Gute Nacht Geschichte...	20
Im Wald	22
Eine weitere Gute Nacht Geschichte	29
Im Traumland	31
Die Bootsfahrt	34
Wind und Wolken	42
Das Märchen	46
Die Lichtgestalt	54
Die Rückfahrt mit dem Boot	59
Das Modell der Mühle	67
Auf der Suche	71
Die Lotus Blume	81
Der große Brunnen	85
Wieder auf dem Hochplateau	88
Der Ameisenstaat	93
Wieder bei dem Baum	98

Einleitung

Das starke Echo auf den Anfang meiner Geschichte und die Bitten um Fortsetzung, haben mich bewogen, mehr über Lara zu schreiben. Die 7 jährige macht mit den Erlebnissen die Welt der Seelen- und Naturreiche transparenter. Oft haben wir es als Erwachsene schwer, die eigene Spiritualität einzuordnen. Kinder sind noch weniger durch unsere materielle und rationale Denkweise eingeengt. Immer, wenn Lara loslässt und im Land der Seelen landet, erlebt sie eine Welt, wie sie in meinem Buch „Dein Weg nach dem Tode" erklärt ist. Dieses Buch soll dem Kind in dir helfen zu sich zu finden, Erwachsenen ermöglichen durch „Vorlesen" eine andere, für Kinder erfahrbare Welt zu erschließen.

Entstehung

Als erstes danke ich Frau Dr. Marianne Meyer*, die mich um eine kurze Kindergeschichte für ein neues Buch mit dem Titel "Spirulina" bat, welches den Kindern spielerisch das Thema bekannt machen soll.
Spontan sagte ich "ja" zu der Frage von Marianne Meyer und dachte danach: "Ich habe noch nie eine Kindergeschichte geschrieben!" Also ruhte dieser Vorgang erst einmal.
Nun danke ich der geistigen Welt, die mir eines Morgens einen kräftigen Schubs gab, mich aus den Träumen riß und mir den Anfang einer Geschichte mit dem Titel "Lara Sunshine aus den Smokey Mountains" diktierte. Nun folgte eine Serie von "Schreiben", "wieder ins Bett legen", "geschubst werden", "weiter schreiben" und wieder und wieder in der Art. Dieses Spiel setzte sich eine ganze Zeit lang so fort. Am nächsten Morgen bestand das Ergebnis aus 11 handgeschriebenen Seiten.
Dies war der Anfang meiner Geschichte von Lara. Nun folgten im Verlauf der Zeit immer neue Seiten. Ich dachte, die Geschichte wäre nun komplett und gab die 10 Seiten an Marianne Meyer zur Begutachtung und Verbesserungsvorschlägen, bzw. Korrekturen weiter.
So schälte sich immer mehr die heutige Form heraus. Viele Freunde und Bekannte lasen nun diese Geschichte und äußerten übereinstimmend, daß ich so eine schöne, inspirierte Geschichte unbedingt zu einem Buch erweitern sollte. Und so schrieb ich also die

Geschichte zu Ende....oder zumindest weiter.
* (siehe Ende des Buches)

Lara Sunshine aus den Smokey Mountains

Wenn der Himmel die Erde küßt, fällt ein Tautropfen auf den Boden, - es entsteht ein Regenbogen. Und auf diesem saust jauchzend eine kleine Kinderseele zur Erde. Dabei entfacht die Liebe ein Leuchtfeuer aus Farben, nimmt eine kleine Seele an die Hand und führt sie zur Erde.
Diese schönen Bögen sind verschieden lang und ihre Länge entspricht der Dauer eines Lebens. Jeder einzelne Regenbogen ist ein Kind des Lichts und trägt sieben Farben in sich. Doch er bringt auch ein paar dunkle Wölkchen von drüben mit. Sie schieben sich ab und zu vor sein Leben. Dann wird der Mensch traurig und muß weinen. Doch mit jeder Träne, die jene Wolke dem Menschen gibt, wird sie kleiner, und etwas mehr Sonnenschein dringt in das Herz der Kinderseele hinein und auf die Erde. Wärme und Licht kommen zu den Menschen.
"Wie viele Wolken kannst du in Deinem Leben auflösen?", fragte der große Engel. "Oh, alle!" war die mutige Antwort der kleinen Lara.
"Nimm so viele, du tragen kannst", sagte der grünschimmernde Lichtengel.
"Vergiß nie Deinen Wunsch! Aber denke daran, du brauchst die dunklen Wolken um dich zu erinnern, woher du gekommen bist. Nach dem Nebel des Vergessens, der die Brücke zwischen unserer Welt und der Euren ist,

wird das Weinen eines Wölkchens die Tränen erzeugen, die im Sonnenlicht den Regenbogen Deiner Herkunft zeigen. All die Farben sind Grüße Deiner himmlischen Freunde. In ihnen siehst du Deine Wünsche und Träume. Alle Blumen, Tiere und Bäume sind in ihnen enthalten. Eine Melodie des Lebens entspringt ihnen und steigt als Gesang des Lebens wieder empor.
Die Vögel singen am Morgen und Abend die Lieder unzähliger noch nicht geborener Menschen. Diese Musik erreicht die Herzen der Menschenkinder, für die sie gemacht wurden.
Du, Lara, kommst aus der Welt des Regenbogens, der Farben, genau wie du, kleiner Zuhörer. In jener Welt gibt es kein Oben und Unten, kein Hell oder Dunkel. Alles, was dort erlebt wird, sind die Farbenspiele geistiger Freunde und der Engel als Bewahrer. Leuchtende duftende Blumen ziehen durch die Welt der Gedanken - ausgelöst durch Gefühle.
Einer Feder gleich, ziehen kleine Wesen durch die geistige und unsere Welt. Es sind die Elfen. Diese Elfen schweben von Blume zu Blume. Ihre Gestalt ähnelt einem großen Wassertropfen, Farbe und Form aus Liebe wechselnd, wie die Gestalt der Pflanze, die sie berühren. Und so verändern diese Wesen aus Liebe zu den Pflanzen ihr Aussehen. Mal sehen sie aus wie ein Löwenzahn und mal wie ein Gänseblümchen. Die Elfen tragen deswegen am liebsten ein Pflanzenkleid. Wie Schmetterlinge fliegen sie über die Wiesen und Wälder, überqueren grüßend den murmelnden Bach, der die Energie und Grüße von Mutter Erde verteilt.
Sieht einer dieser kleinen Helfer ein Glockenblümchen, das traurig den Kopf hängen läßt, umarmt er es. Gleich

darauf funkelt es voller Licht und viele farbensprühende Teilchen umfangen das Blümchen. Ein Seufzer der Erleichterung entfleucht diesem und es sagt: "Auf dich habe ich die ganze Zeit gewartet." Ein Tautropfen entsteht, als Ausdruck seiner Freude und schimmert im

Licht der Sonne. "Warum ist es manchmal so dunkel hier?" fragt die Blume eine kleine Elfe, die sie besuchte, um ihr Trost und Kraft zu geben.
Sie lacht das Pflanzenwesen an und sagt: " Weißt du nicht, daß die Menschen, wenn sie auf die Erde gehen, Aufgaben mitbringen? Diese sind wie Wolken um sie herum. Und folgendes kann man über diese Wolken sagen: Eine Wolke, die nicht weinen darf, wird immer dicker und dunkler. Der dazu-gehörige Mensch erkennt nicht mehr das Licht und glaubt, das gäbe es überhaupt nicht. Sein Herz wird ganz starr und kalt, wo vorher Leuchten und Wärme war. So gerne möchte es weinen,

doch sieh, so geht es nicht und es mangelt hier an Licht. Siehst du, meine Freundin, so wird es dunkler dort."

Ein gleisender Lichtstrahl huschte über die Bettdecke und weckte das auf dem großen Bauernhof ihrer Großeltern lebende Kind. Aber Lara wollte noch bei ihrem Traum verweilen und zog sich die Decke über den Kopf. Die Sonne erinnerte sie an die eben erlebte schöne Welt . Als Lara vier Jahre alt war, geschah etwas woran sie sich nicht mehr erinnern konnte oder wollte: Das beide Eltern sie für immer verließen. Zwei dunkle Wolken stießen auf der Landstraße des Lebens zusammen. Auf der großen breiten Treppe des Regenbogens gingen ihre Eltern zurück ins Licht. Ein Chor von Engeln erwartete sie am Ende der Regenbogentreppe. Beide erhielten eine Krone aus Licht und einen Zauberspiegel, in dem sie jederzeit ihre Tochter Lara sehen durften.

Es duftete herrlich nach Plätzchen und Kuchen, als Lara wach wurde aus diesem zweiten Traum, in dem sie wieder einmal ihre Eltern sehen durfte.
Auf ihren kleinen nackten Füßen lief sie schnell zu ihrer Großmutter, die schon in der Küche stand und für das Wochenende backte.
Laras Gedanken und Traumschilderungen sprudelten aus ihrem Mund heraus, ihr Redefluß wollte schier kein Ende nehmen. Die Großmutter schmunzelte und stopfte der kleinen Lara einen frischen Keks in den Mund, der den Redeschwall kurz versiegen ließ. Während Lara von ihrem Traum und ihren Eltern erzählte, schob sich so ein kleines dunkles Wölkchen über die Großmutter, das sie es nicht gleich in einen Regenbogen umwandeln konnte.
Doch Laras helles Kinderlachen verwandelte ihre Träne in Licht. Sie sah ihre Tochter Anna durch die Augen von Lara lachen und der Rest der Dunkelheit verflog.
"Können wir heute wieder im kleinen Blockhaus in den Bergen schlafen?" bettelte Lara. Die Großmutter blickte auf den Großvater Geoff, der gerade von der Feldarbeit zum Frühstück kam. Mit seiner dunklen, etwas brummigen Stimme murmelte er etwas in seinen Bart. Nach einem etwas versöhnlicheren "mhhhh, mhh", stimmte er dann aber zu.

Das Blockhaus

Mitten in den Bergen der Smokey Mountains, zu deutsch "Rauchberge", liegt ein kleines Tal, durch das ein Bächlein fließt. Es hat seine Quelle hoch oben in den Bergen und fließt kristallklar die Hänge herunter. Bei Sonnenschein rauscht ein in allen Farben schillernder Wasserfall in das Tal, das schon Laras Großvater und dessen Ahnen besaßen. Dort konnten sie ihr Getreide mahlen und ihre kleine Landwirtschaft betreiben. Am Haus in den Bergen befindet sich ein

großes Wasserrad, welches eine kleine Mühle antreibt. Lara konnte sich nicht satt daran sehen, wenn der Großvater Getreide in den großen Trichter aus Holz schüttete und unter Ächzen und Knirschen des Mahlsteines, auf der anderen Seite Mehl in den eingehängten Sack rieselte. Dies war eine alte Familientradition und die Familie Sunshine verarbeitete auch Getreide für andere Familien. Man half sich, wo man nur konnte und pflegte so eine gute Beziehung zur Nachbarschaft. Am schönsten war es aber, wenn die Großmutter dieses Mehl gleich zu einem großen Teig knetete und in dem alten Steinofen vor dem Haus die Brote backte. Lara half auch heute wieder mit einer kleinen Portion. Der Duft drang dann aus dem Haus durch das ganze Tal. Sie überfiel ihre Oma mit ihrem üblichen Redeschwall. Diese stoppte ihn mit den Worten, vergiß deine Rede nicht Kind, aber wir müssen das Mehl sofort verarbeiten, weil das Brot dann besser schmeckt und auch mehr Kraft gibt. Das hat Lara zwar schon öfter gehört, aber diesmal fragte sie:
"Warum hat das Brot mehr Kraft, wenn das Mehl schnell verarbeitet wird?"

Die Großmutter guckte erst einmal etwas verblüfft und überlegte, was sie sagen sollte. Dann fiel ihr Laras Traum ein: "Weißt du, die kleinen Helfer der Pflanzen bewahren die Kraft des Getreides auch in jedem einzelnen kleinen Korn. Wenn es gemahlen wird, verlassen sie schnell die Kräfte, um all die kleinen Teilchen mit Licht zu versorgen. Deshalb müssen wir das Brot gleich nach dem Mahlen backen, damit viel Licht erhalten bleibt. Denn, weißt du, das Feuer schafft aus all den kleinen Teilchen etwas Neues: ein Brot. In ihm ist alles wieder miteinander vereint und so kann das Licht an die Menschen weitergegeben werden, wenn sie das Brot essen." Und so richtig auf den Geschmack gekommen, futterte Lara schnell noch eine Scheibe mit ihrer Lieblingsmarmelade: Omas bester Erdbeermarmelade. Lara liebte die knackende Rinde des frischen Brotes.

Danach lief sie schnell die alte knarrende Treppe hinauf in ihr Zimmer. Über der Tür hing ein Schildchen mit dem Namen "Lara" und einigen gemalten Blümchen in grün mit blauen Blüten.
Sie stieß die Tür auf und kam in ein lichtüberflutetes Zimmer, das in einem krassen Gegensatz zu dem dunklen, hölzernen Treppenhaus stand, in dem Lara manchmal nachts kleine Geister vermutete, die mit dem Holz knackten. Als Lara mitten im Zimmer ihren Lauf beendete, schaute sie sich um, ob noch alles so war, wie sie es verlassenhatte. Nichts war verändert oder weggeräumt worden. Ja, dort standen ihre Spielzeuge. Mit einigen hatte schon ihre Mutter gespielt. Das Bett gegenüber dem Fenster leuchtete in den blau-weißen Farben der karierten Decke. Die weißen Sonnenstrahlen waren wie einzelne Streifen zu erkennen, die durch den von Lara aufgewirbelten Staub auf der Bettdecke zu spielen schienen. Ein leichtes

Summen der Insekten drang durch das offene Fenster ein, das die Großmutter zum Lüften geöffnet hatte. Lara spürte die Wärme des Sommertages auf ihrer Haut, und der Duft vieler Wiesenblumen zog durch ihre Nase. Von dem Bett aus, auf dem sie gerne heimlich hüpfte, sah sie die Biegung des Baches, zu dem allerlei Tiere zum Trinken kamen, wenn sie sich unbeobachtet glaubten. Sie setzte sich auf ihr Bett und sah zum Bach, obwohl im Moment kein Tier an der Tränke zu sehen war. Das Klappern aus der Küche drang an ihr Ohr und das Holzhacken des Großvaters, der, wenn es kein Getreide zu verarbeiten gab, damit beschäftigt war, das Haus und die Geräte instand zu setzen. Lara schloss das Fenster und schnappte sich ihr Hüpfseil, das sieaus Omas ausgedienter Wäscheleine und 2 Korken selbst angefertigt hatte. Sie dachte bei sich, wie stolz sie war, als sie mit einer Stricknadel die Korken durchstieß. Es dauerte zwar lange, bis die Leine durchpasste, aber sie schaffte es sie durchzubohren, ganz allein und fixierte sie mit 2 Knoten an jeder Seite der Korken und hatte so feste Griffe. Lara ließ sich auf die Tagesdecke ihres Bettes sinken und ... schon war sie nach all den Aufregungen eingeschlafen.

Am Fluß

Nach einigen Stunden Schlaf wurde Lara durch ein starkes Brummen wach. Eine dicke Hummel, welche nach Blütenstaub und Nektar suchte umkreiste Lara, merkte aber sehr schnell, daß diese keine Blume war.

Lara wurde sofort hellwach und stürmte die Treppe wieder nach unten. Die Großmutter lachte, als sie Lara sah. "Na, hast du schön geschlafen?" fragte sie und fügte dann hinzu: "Der Opa hatte schon nach dir geschaut, ist aber jetzt schon zum Fluß voran gegangen, da er wieder ein paar Fische angeln wollte." Lara flitzte wie ein Sausewind zum Fluß hinunter. Großvater würde auch heute keinen Fisch mitnehmen können, ich werde gut aufpassen. Er konnte zwar angeln, aber man darf diesen Fisch nicht essen. Lara sagte sie möge die Fische, so warf er diese zum Schluß doch wieder in den Fluß zurück. So würde es auch dieses Mal sein. Großvater Geoff freute sich, als sie kam, und schmunzelte über die eifrig erzählende Enkelin, die seit dem Tode ihrer Mutter Anna sein ganzes Lebensglück war. Der Fluß rauschte dahin und umfloß gurgelnd einige aus dem Fluß herausragende Steine. Man konnte bis auf den Grund sehen und das Schwingen der Wasserpflanzen betrachten, die ab und zu noch mehr in schlängelnder Bewegung waren, wenn ein dicker Fisch sich seinen Weg hindurch bahnte. Die alte Holzbank am Fluß war so lang, daß Großvater und Lara bequem darauf sitzen konnten. Schilfgras an den Rändern rauschte leicht im Wind und Lara buddelte am Strande des Flusses. Heute hatte sie ihre Puppen nicht mit, aber sonst grub sie gerne kleine Löcher in den Sand, die sich schnell mit Wasser füllten und eine Wanne bildeten, in der, wie in einer Badewanne, groß gewaschen wurde, bis der Schlamm zu hoch wurde. Auch dieses Mal buddelte sie ein Loch wie eine Wanne, um die Babyfische zu waschen. Als sie dies lautstark

kundtat, mußte Geoff erst einmal laut lachen. Er tat dies in seiner geraden, verständnisvollen Art.
So langsam versank Lara ganz in ihren Gedanken. "Lara, hallo Lara", ertönte eine leise Stimme. "Wer bist du denn?" fragte Lara. "Ich bin ein Wassergeist. Ich komme gerne dort zur Wirkung, wo das Wasser strömt, klar ist und ich respektiert werde. So wie du immer mit Achtung mich und die Wassertiere behandelst."
Ein leises Platschen ertönte. Der Wassergeist ergriff ihre Hand. "Willst du mein Reich sehen?" "Oh gerne", sie folgte dem in allen Farben und wie ein Nebel erscheinenden Wesen. Ein stetiges Wogen erfüllte die nun auftauchende Welt. Dreiecke und Vierecke in Regenbogenfarben, Sterne und ein Summen erfüllten den Raum. Zarte blauschillernde Libellen flogen über Lara hinweg.

Sie lachte und wollte wieder schneller schwimmen. Der Wassergeist ermahnte sie aber langsamer zu sein. "Erschreck nicht unseren Hofstaat" sagte er zu ihr. "Heute ist das große Treffen hier im Wasserschloß". "Warum heute?" fragte Lara. "Ja, wußtest du nicht, daß bei Vollmond alle Wassergeister ein Lichtfest feiern?"

An diesem Tag bekommen alle eine Belohnung für die vielen Wochen unermüdlichen Reinigens und Belebens des Wassers. Die Menschen und auch die Tiere benötigen die Farben und Formen sauberen Wassers, welches zu Vollmond am schönsten klingt. Kannst du es nicht hören?"
Lara strengte sich an, die Melodie des Wassers zu hören. Da begann sie ein leichtes Singen zu vernehmen, es wurde immer schöner und schöner. Ein ganzer Chor all der Flußlebewesen schien im Verein mitzusingen. Der Wassergeist tauchte wieder vor Lara auf und sah aus wie eine diamanten schimmernde Glasfigur. "Wir werden uns jetzt wieder verabschieden müssen". "Aber warum denn schon?" begehrte Lara auf, "Es war doch gerade so schön!" All jene glitzernden kleinen Wassertropfen, die plötzlich ihren Reigen beendeten und sich wieder zu dem Fluß zusammenfanden, verbeugten sich noch einmal vor ihr. "Vergiß uns nicht, auch wir sind Kinder des Lichtes, wie du". Und schon wurde aus dem Singen wieder das Gurgeln des Baches und eine leise Stimme drang an ihr Ohr. "Lara...Geoff...!!". Es war die Großmutter, welche nach den beiden rief. Als Lara aufwachte und hochschaute, sah sie, das auch der Großvater, wie sie, eingeschlafen war.
Schnell griff der Großvater nach dem Eimer um ihn mit einem Deckel zu schließen. Aber Lara hatte schon bemerkt, daß ein dicker Fisch darin war. "Du darfst den nicht mitnehmen, er ist Hofmarschall am Hofe des Flußkönigs." Lara sprudelte ihre Geschichte der großen Feier und der Freude der einzelnen Flußbewohner heraus und der Großvater guckte erst verblüfft, runzelte die Stirn und setzte dann doch den Fisch in den Fluß,

wo dieser blitzschnell davon schoß. "Siehst du", sagte sie, "du darfst ihn nicht mitnehmen oder essen".
Lara mochte seit ihrer Geburt kein Fleisch, keinen Fisch, und die Eltern, wie auch die Großeltern, waren darüber sehr verwundert, hatten es aber dann doch akzeptiert. "Die Tiere sind doch unsere Freunde und können nichts dafür, wenn wir ihre Sprache nicht verstehen, aber immer wenn ich träume, kann ich mit ihnen reden und dann bin ich froh, wenn ihnen nichts passiert."
Im großen Wohnzimmer am Kamin, in dem das Feuer lustig pfiff und knackte, aß Lara mit den Großeltern ihr Abendbrot. Danach durfte sie noch eine halbe Stunde auf die große Schaukel hinter dem Haus gehen.

Auf dieser hatte sie immer das Gefühl der Welt zu entfliegen. Hoch und höher schaukelte sie und konnte

weit über das Tal schauen, über dem in Rosa und roten Farben die Sonne unterging. Das leise Zirpen der Grillen war zu hören wie auch die ersten Geräusche der Nachtvögel.
Plötzlich mußte sie an die kleine schwarze Amsel denken, welche vor einer Woche an das Fenster ihres Zimmers geflogen war. Alles lief noch einmal in ihrer Erinnerung ab, wie sie schnell aus dem Haus eilte und den kleinen Vogel in der Hand hielt. Er zuckte und reckte sich noch einmal und bewegte sich dann nicht mehr. Lara wurde ganz verzweifelt und legte den Vogel behutsam auf den Boden. "Wach auf, wach auf", rief sie. Da der Vogel aber dennoch regungslos liegenblieb, begann sie leise schluchzend zu weinen. Die Großmutter, welche dies hörte, war herausgekommen, um sie zu trösten. Sie erkannte sofort das Malheur und strich Lara behutsam über den Kopf.
"Wein doch nicht, schau nicht nach unten. Schau in den Himmel und zeig mit Deinem Zeigefinger nach oben. Der kleine Vogel ist wie Du ein kleines Wesen des Lichtes. Er hat nun seine Seele auf den Weg ins Licht geschickt. Zeig ihm die Richtung, in die er fliegen soll, damit er weiß, wohin er muß. Die Tiere sind wie kleine Kinder und bedürfen daher besonders großer Fürsorge und Hilfe auf ihren Wegen. Mit Deinen Gedanken und mit Deinem Finger zeigst du ihm wohin er muß. So wird er seinen Weg finden und auch gut ankommen".
Lara schaute noch einmal auf den kleinen toten Körper. "Dies ist nur die zurückgebliebene Hülle, welche dem Vogel diente und auch geehrt werden sollte, bis auch der Vogel seinen inneren Abschied auf der anderen Seite des Lichtes genommen hat". Einen Tag später begruben sie den Vogel und Lara war schon wieder viel

fröhlicher, da sie nun wußte wohin der Vogel gegangen war.
Aber so ganz zufrieden war sie immer noch nicht und entschloß sich deshalb den Großvater darüber zu befragen. Er wußte ja immer viel und reparierte auch alleine die Mühle und auch alle anderen Dinge im Haus, außerdem gab er Rat bei vielen Fragen von Nachbarn. Mit diesen Gedanken im Kopf ging sie zu Bett und wartete auf die Großeltern, die ihr immer noch eine Geschichte an ihrem Bett erzählten, zumindest wenn sie nicht zu müde war. Das kam jedoch häufiger vor.

Die Gute Nacht Geschichte oder wohin gehen die Seelen

Auch heute hatte der Tag an der frischen Höhenluft wieder für die nötige Bettschwere gesorgt. Nach dem Schaukeln hatte Lara sich nur mit Mühe die Treppe hinauf geschleppt.
Der Großvater, der heute mit dem Geschichten erzählen dran war, kam die Treppe herauf. Die Großeltern wechselten sich immer mit dem Vorlesen oder erzählen ab. Zuerst wollte Lara aber ihre Träume vom Vortag, die sie der Großmutter bereits erzählt hatte loswerden. Der Großvater brummte sein bekanntes "Mhhh, Mhhh" in seinen Bart. Am meisten brannte Lara eine Frage auf den Lippen: "Wohin gehen die Seelen, wenn ein Mensch stirbt?" Dieses war für den Großvater keine leichte Frage. "Mhh, Mhh. Also, dein Traum war schon ein Teil der Antwort. Jede Kinderseele kann fliegen. Sie fliegt jede Nacht in das Land der Träume, in dem auch du warst. Dieses Land ist so wunderschön, wie du es auch empfunden hast. Als ich noch jünger war, berührte mich auch einmal eine sehr dunkle Wolke des Lebens und pustete mich über den Boden. Ich stieg auch schon die Regenbogentreppe des Lichtes hinauf, an dessen Ende sich eine große Tür aus Licht befindet. Gehst du durch sie hindurch, begrüßen dich wunderschöne Wesen und freuen sich mit dir über das, was du auf der Erde erleben durftest. So ging es auch mir. Aber vor der großen Tür fragte mich eines dieser schönen Wesen: "Willst du schon zu uns kommen?" Ich schwankte sehr, aber die Liebe zu euch schickte mich wieder zurück. Liebe ist ein Band aus Licht, welches Du zu all Deinen Freunden knüpfst. Keine Macht der Welt

kann diese Bänder zerschneiden. Aber die Liebe ist auch Dein Weg hier und der Weg der Seelen, welche hier ihre Aufgabe für die Liebe gelöst haben und im Schein der sich auflösenden Wolken ihr Ziel erkannt haben." "Warum gehen wir dann nicht einfach dorthin und erkennen unsere Seele?" fragte Lara ungeduldig. "Sieh mal, wenn wir beide einen Fluß hinunter fahren wollen, was du doch so gerne mit unserem Boot machst, könntest du doch auch sofort am Ziel sein. Dann wäre der ganze Spaß und das ganze Erlebnis doch schon zu Ende, bevor es beginnt. Du hast keine Erinnerung an die Einzelheiten der Fahrt und kannst dich nicht darauf freuen. Würde dir das gefallen?" "Nein gar nicht, ich fahre doch so gerne Boot und lasse mich schaukeln."

"Siehst du, aber die Welt hinter dem Regenbogen, wohin die Seele geht, ist sehr schön und kommt früh genug, wenn du alle Wölkchen aufgelöst hast, die du als Aufgabe mitgenommen hast". Der Großvater stand langsam auf und verließ den Raum, während Lara schon halb im Reich der Träume, die den Übergang zu der anderen Welt darstellen, war. "Gute Nacht", flüsterte sie noch leise....

Im Wald

Nicht weit vom Hause der Großeltern entfernt gibt es einen großen Wald. Durch ihn führt ein Pfad, der gesäumt ist mit den schönsten bunten Wildblumen dieser Gegend. Wenn man diesen Weg geht, hört man das leise Rauschen des Windes in den Zweigen der Bäume und das Summen der Insekten in den Gräsern. Das goldene Licht der Sonne leuchtet gebrochen durch die Blätter in vielen Bahnen, wie ein Fächer, auf den Boden und erzeugt große Lichtinseln voll Wärme und Leben. Das saftige Grün der Gräser und Moose leuchtet ebenso wie die bunten Farben der Blumen. Die hohen Farne ermöglichen ein Versteckspiel, welches Lara gerne mit ihren Freunden oder Großeltern spielt. Hierhin hatte sie sich nun zurück gezogen und dachte an Großvaters Gutenachtgeschichte. Das Mädchen legte sich auf einen der sonnenüberfluteten Plätze und ließ sich von der Sonne wärmen. Durch die Kronen der Bäume, die sich langsam im Wind hin und her bogen, sah sie die Wolken ziehen und fragte sich leise: "Warum gibt es kranke und gesunde Menschen?" Ebenso leise ertönte ein Lachen: "Ja weißt du das denn nicht?" Erstaunt richtete Lara sich auf und blickte um sich, konnte aber niemanden sehen, der zu ihr gesprochen haben könnte. Sie legte sich wieder hin und sprach leise zu sich: "Wer war denn das?" "Ich, der Geist des Baumes", kam es sofort als Erwiderung. "Wieso sehe ich dich nicht", fragte sie nun den Geist des Baumes. " Das ist ganz einfach, ich spreche zu deinem Herzen und wenn du dieses öffnest, kannst du mich sehen". "Kann mein Herz denn hören?" "Nein, aber fühlen" antwortete vorsichtig der Baum.

Lara stand auf und umarmte spontan den neben ihr stehenden Baum. Ein starkes warmes Gefühl durchrieselte ihren ganzen Körper. "Was ist das denn?" fragte sie den Baum und dieser flüsterte leise: "Du fühlst mich, den Geist des Baumes; ich bin in dem Baum und etwas darüber hinaus und erhalte sein Leben. Wenn du den Stamm umarmst, kann ich dir sofort von meiner Kraft und meinem Gefühl geben". "Das kann ich fühlen, aber warum gibt es kranke und gesunde Menschen oder warum bin ich manchmal krank?"
Der Baum räusperte sich und machte eine Pause, als ob er nachdenken würde. "Weißt du, alles ist Harmonie und Licht. Ich bekomme Licht und Farbe und gebe diese weiter. Es gibt ja viel mehr Farben als du sehen kannst. Jede dieser Farben hat eine Aufgabe. Dein Körper besteht auch aus vielen dieser Farben. Wenn du dich schmutzig machst, werden ein paar Farben dunkler und du mußt dich wieder in Gottes Farbdusche stellen, damit diese Flecken gewaschen werden können. Ihr Menschen wißt das nicht mehr, also werdet ihr müde oder werdet schwach, damit ihr Ruhe halten könnt und so die Wäsche gemacht werden kann. Nach einem langen Schlaf wacht ihr plötzlich wieder frisch auf. Außerdem weißt du doch aus deinem Traum von den dunklen Wölkchen, welche ihr mitbringt auf die Erde. Auch sie verdunkeln manchmal die Farben". "Warum dusche ich sie nicht einfach weg?"
Der Baum begann tief zu brummen. Das war seine Art ausgiebig zu Lachen. "Liebste Lara, viele Wolken bringen Menschen gemeinsam mit herunter und diese können sie nur in einem Spiel miteinander auflösen."

Ein Rascheln in der Krone des Baumes ließ Lara aufblicken. Dort oben auf einem der hohen Äste war ein Vogel gelandet. Dieser mischte sich in das Gespräch ein und sagte zum Baum gewandt. "Lieber Baum, das ist doch nicht die einzige Hilfe für die Menschen, erzähl doch noch von den Pflanzen!". "Ach ja, meine kleine Kohlmeise", seufzte der Baum, "ich bin ja schon alt und da vergißt man leichter. Also, die Pflanzen haben neben ihrem eigenen Leben auch andere Aufgaben. Sie enthalten natürlich auch Gottes Licht. Manche dieser Farben, welche die Pflanzen haben, entsprechen den Krankheiten der Menschen. So kann die Farbe mancher Pflanze auch eine Krankheit lindern, indem sie die Farbe ergänzt und diese im Menschen wieder verstärkt."
Lara blickte ungläubig auf den Vogel: "Ist das wie das Pulver, das die Großmutter in die Waschmaschine schüttet...und die Wäsche ist wieder sauber?" Der Vogel schüttelte sich. "Na, das ist ein Vergleich! Aber du hast ganz recht, die Farbe wird wieder hergestellt und der Mensch wird gesund."
Schemenhaft vermochte Lara auf einmal den Geist des Baumes zu erkennen. Dieser verneigte sich und hob die Hände über den Kopf von Lara, die nun wieder ein leichtes Prickeln empfand.
Ein lautes Schwirren lenkte sie ab und eine blaugrüne Libelle flog über ihren Kopf in Richtung See. Sie drehte sich um und der Wald war wieder ruhig, wie vor ihrem Erlebnis mit Baum und Vogel. "Wo seid ihr?" rief sie, aber nun hörte sie nur noch das Rauschen des Windes in den Bäumen. Ihr war, als hörte sie erneut ein leichtes Raunen, das klang wie: "Ein anderes Mal". Und sie nahm sich vor, diesen Platz möglichst oft zu besuchen.

Sie lief den Weg so schnell sie konnte wieder zu ihren Großeltern zurück. Ihre Wangen glühten und sie freute sich, all ihre Erlebnisse wieder erzählen zu können. Da sah sie noch einmal die kleine Kohlmeise, die in der Luft auf und ab schwebte und schnell neben ihr her flog. "Auf Wiedersehen, meine kleine Freundin", rief sie ihr zu. "Auf Wiedersehen zwitscherte diese"..und fügte dann hinzu: "Einen Gruß noch von der kleinen Amsel, die du so schön ins Licht begleitet hast!" Die Kohlmeise entschwand nun wieder zwischen den Bäumen und Lara wunderte sich, woher die Meise die Geschichte mit der Amsel wohl wußte.
Die Großmutter stand auf der großen Wiese hinter dem Hause und klammerte Wäschestücke an eine Leine. Die Wäschestücke flatterten bunt im Wind. "Hallo Großmutter, ich war im Wald bei meinem Freund!" rief sie schon von weitem. "Welcher deiner Freunde war es denn diesmal ?" fragte sie, neugierig auf Laras neueste Erzählung.
"Das Mädchen ist wie ihre Mutter. Auch Anna konnte damals die Welt mit anderen Augen sehen und die Naturgeister beschreiben. Offenbar teilen sie nur den Menschen mit, die offenen Herzens sie liebevoll annehmen und verstehen". Freudig betrachtete sie das herspringende Mädchen und fragte:
"Wo warst du denn dieses Mal? "Auf dem Weg zum See. Mitten im Wald habe ich mit dem Baum und einer Kohlmeise gesprochen. Diese erzählten mir, daß die Menschen aus Farben bestehen und krank werden, wenn sie zuwenig Farbe haben."
Bevor die Großmutter antworten konnte, hatte Lara schon den kleineren Wäschekorb gegriffen und sprang zu einer kleineren Wäscheleine, die der Großvater

einmal für sie angebracht hatte und klammerte die Kleidungsstücke an. Es brachte ihr unbändigen Spaß die Wäsche farblich gemixt anzuklammern und sich dann über die Vielfalt von Blau, Rot, Gelb und den anderen Farben zu freuen.
Sie legte sich nicht wie sonst auf die bunte Blumenwiese unter die Leine, um die kleinen Schäfchenwolken überm blauen Himmel zu beobachten. Sie stellte sich dann immer vor ob die "Schäfchen" die Wäsche berührten und ihren Teil dazu beitrugen, die Wäsche frischer und luftiger werden zu lassen. War ihr heute egal. Sie steuerte nach dem Aufhängen ihrer Wäsche gleich den
kleinen Geräteschuppen an, in dem der Großvater gerade seine Sense schärfte.Er hatte vor Gras für die Hühner zu schneiden, die schon laut gackernd ihre Runden in dem umzäunten Gehege drehten. "Lauf langsam", sagte Opa und fügte hinzu: "Die Sense ist sehr scharf und man kann sich leicht schneiden!" Lara guckte ihn fragend an: "Kann man Farben schneiden?" "Wie kommst du denn darauf" erwiderte der alte Mann. "Hast du mir vielleicht wieder etwas zu erzählen?" fragte er mit pfiffigem Gesichtsausdruck, da er die farbenfrohe Erlebniswelt seiner Enkelin kannte und sich mit ihr freuen konnte, wenn sie sprudelnd und voller Phantasie von dieser inneren Welt berichtete. Er fühlte dann gar nicht mehr sein Alter und konnte glühende Wangen wie seine geliebte Enkelin bekommen.
"Der Geist des Baumes hat mir gesagt, daß Menschen krank werden, wenn sie zuwenig Farbe haben. Wenn ich mir in den Finger schneide, verliere ich rote Farbe." "Wieso rote Farbe?" fragte der Großvater. "Es hat doch rot geblutet...und sehr weh getan!" Nun mußte er lachen

und fragte sie weiter: "Es hat doch aufgehört zu bluten, war der Schmerz dann auch weg?" "Nein, der Schmerz blieb noch". "Also war es doch nicht nur rote Farbe" sagte er und fügte hinzu: "Ja ich weiß, daß man Menschen bei bestimmten Krankheiten mit bestimmten Farben behandelt und diese ihnen oftmals helfen. Dein Freund hat also recht, wenn er sagt, Krankheiten und Farben haben miteinander zu tun.
Aber mal eine ganz andere Frage: "Was ist denn deine Lieblingsfarbe?" "Grün natürlich", kam es sprudelnd aus Lara heraus, "aber vielleicht auch blau...am liebsten doch bunt."
"Dann werden wir wohl mal wieder unsere Welt malen", bemerkte die Großmutter, die gerade zur Tür hereinkam. Sie malte gerne und überall im Haus hingen ihre schönen, hellen Bilder von der Mühle, dem Tal, einer jungen Frau, von der sie wußte, daß es ihre Mutter war. Seit einiger Zeit bettelte Lara, daß sie auch Bilder wie die Großmutter malen wolle. Bislang war sie aber zu ungeduldig und wollte ihr Bild immer schnell fertig haben. Großmutter sagte ihr dann immer, daß sie eine eigene Staffelei bekommen würde, wenn sie mehr Geduld hätte. Geduld, das war ein Fremdwort für Lara, die gerne wie ein Wirbelwind durch die Welt fegte.
"Ihr beide macht aber nicht mehr so lange, denn für Lara ist es Zeit fürs Abendbrot und dann geht es husch, husch ins Bettchen. "Och...nur noch eine Viertelstunde", bettelte Lara und sah ihre Großmutter an, die erst streng blickte, aber schließlich doch mit freundlichem Lächeln zu ihrem Mann blickte: "Laß dich aber nicht wieder erweichen, wir beide müssen weiterhin ein paar Dinge besprechen, die den Hof betreffen." Sie wollte

damit sagen, daß sie alles für den Besuch der Tante Martha vorbereiten wolle.
Lara hüpfte freudig von einem Bein auf das andere, setzte sich dann aber auf einen Hocker und blickte Geoff erwartungsvoll an. Eigentlich war sie doch schon ein wenig müde, wollte dies aber nicht zugeben, da es im Schuppen hier hinter dem Hause immer so schön war. Sie bastelte besonders gerne mit ihrem Großvater, der sich immer Neues ausdachte und kleine Holzteile nach einer Skizze anfertigte, die Lara dann zusammenfügen durfte. Meist wurden die Teile geleimt. Im Moment bastelten sie an einem Modell der Mühle, bei dem jetzt nur noch das Dach fehlte. Lara holte sich immer ein wenig Wasser in einer kleinen Gießkanne und goß dieses in eine eigens dafür angeschraubte Rinne. Das Wasser lief plätschernd zu dem Mühlrad und dieses setzte sich klappernd in Bewegung. Lara konnte stundenlang dem Wasser und dem sich drehenden Rad zusehen und war dann wieder ganz in ihrer Welt der Träume.
Heute konnte Lara einige Schindeln des Daches ankleben und machte dies mit glänzenden Augen und hinterher verklebten Fingern. "In vielen Dingen ist Lara wie ein Junge", dachte der Großvater. Er wusch Lara an einem offenen Becken mit kaltem Wasser die Hände und die beiden eilten zum Haupthaus, vor dem sie schon erwartet wurden. Lara lief schnell mit Geoff auf die große überdachte Veranda. Hier wartete schon der, mit dem Abendbrot, gedeckte Tisch .
Die Abendsonne schien auf die Gesichter der Großeltern und Lara sah im Schein der untergehenden Sonne das rote Licht in den Augen als Spiegelung und die Gesichter mit den Falten, die ihr so vertraut waren

und sie auch an die Landschaften und Falten in der Welt der Smokey Mountains erinnerten.

Eine weitere Gute Nacht Geschichte

Lara war wieder die Treppe hochgeeilt und wartete auf die Großmutter, die heute mit dem Vorlesen an der Reihe sein würde. Es dauerte eine ganze Weile, bis sie an dem Knarren der Treppen und dem knackenden Holz das Kommen ihrer Großmutter vermutete. Diese kam zur Tür herein und hatte ihr altes Märchen- und Geschichtenbuch unter dem Arm. Meistens durfte sich Lara eine der Geschichten aussuchen und so war es auch dieses Mal. Die Erzählung über das Mädchen mit den Sterntalern hatte ihr sehr gefallen, aber das war schon lange her und diese Art der Geschichten gehörten schließlich in die Weihnachtszeit, wie ihr die Großmutter bedeutete. Also suchte sie in dem dicken Buch nach einer anderen Geschichte.
Sie fand ein Märchen mit dem Titel "Das verlorene Land". Großmutter blätterte langsam in dem Buch, um die Geschichte auf Seite 327 zu finden, und dieses erzeugte das Lara so vertraute Geräusch des Raschelns, was nur Papier oder vielleicht auch Blätter zustande bringen.
"Also hör zu", begann die Großmutter. "Auf einer Insel, die jene Menschen Atlantis nannten, lebte ein glückliches Volk. Ein weiser König regierte und die Menschen lernten und arbeiteten freiwillig und gerne für ihn. Eines Tages kam ein Mann auf diese Insel, den man Schandor den Zauberer nannte. Mit vielerlei Tricks verblüffte er die Menschen und gaukelte ihnen vor, daß sie nicht zu arbeiten brauchten. Am Anfang glaubte ihm keiner und man bewirtete ihn, so daß er auch nicht zu arbeiten brauchte. Er mißachtete die Gesetze der Natur und damit Gott und begann seinen Schmutz nicht zu

entsorgen und schlecht über die anderen Menschen zu reden.
Neid und Mißgunst machten sich auf der Insel breit und nur ein kleiner Junge erkannte dies und versuchte, die Menschen darauf aufmerksam zu machen, aber niemand hörte ihm zu. Ganz verzweifelt wandte er sich in seiner abendlichen Zwiesprache an Gott und schilderte sein Leid. Ein Licht begann im Raume zu funkeln und eine Lichtgestalt erschien vor ihm: "Keine Angst, Suomo, es passiert auf dieser Welt nichts, was dem Lernen der Menschen und ihrer Weiterentwicklung nicht dient. Dir wird nichts passieren und auch nicht deinen braven Eltern". Und so geschah es. Die ganze Familie fuhr in einem Boot zu dem Kontinent Afrika, um Verwandte zu besuchen. In dieser Zeit versank die Insel und eine Prophezeiung, die von vielen Weisen des Volkes verkündet worden waren, erfüllte sich."
Die Großmutter blickte von dem Buch auf und Lara, die schon halb im Land der Träume war, murmelte: "Aber ich räume doch immer mein Zimmer auf, so kann uns doch nichts passieren...". Nachdenklich streichelte Mara noch einmal über den Kopf ihrer Enkelin, murmelte ein leises "Gute Nacht" und schlich auf Zehenspitzen aus dem Zimmer, wobei sie vorsichtig den Lichtschalter betätigte.

Im Traumland

Lara bemerkte gar nicht mehr, wie das Licht gelöscht und leise die Türe geschlossen wurde. Sie sah einen kleinen Jungen namens Suomo in einem Land, dessen Namen wir heute nicht mehr kennen. Suomo war sehr traurig. Man hatte ihm gesagt, dass er nicht mehr nach Hause könne und seine geliebte Insel, sein Land und seine Freunde nicht mehr da wären. Er blickte auf: "Hallo wer bist du denn?" "Ich bin Lara". "Wie kommst du denn hierher" lautete seine nächste Frage, wobei sein Gesicht schon wieder etwas fröhlicher aussah, so dass die Tränen nur noch zwei kleine Bahnen auf seinen Wangen bildeten. "Ich wohne bei meinen Großeltern auf einem Bauernhof, aber ich weiß nicht, wie ich hierher gekommen bin", bemerkte Lara. "Ich wohne hier bei meiner Tante Mratoo, sie ist sehr lieb und hat uns gleich ihr kleineres Zweithaus angeboten," entgegnete Suomo. "Meine Großmama hat mir eine Geschichte vorgelesen von einer Insel, die Atlantis heißt und von dir, es ist schon komisch. Wie komme ich in die Geschichte hinein?...ist es nur eine Geschichte?" "Du kannst mich ja mal kneifen", lachte Suomo und rannte zum Fluß hinunter. Lara sah, wie er in den kleinen Fluß sprang und an das andere Ufer schwamm. "Ich kann noch nicht so weit schwimmen", rief Lara und sah Suomos verblüfftes Gesicht. Dieser stieg in ein Boot an dem anderen Ufer und kam zu ihr herüber gefahren. Das Boot hatte ein Segel, welches wie ein Tuch zwischen 2 Stangen schwebte. Sie stieg ein und fuhr mit dem Boot den Fluß entlang. Viele Menschen in weißen Gewändern an den Ufern winkten ihnen zu. Lara sah hohe Bäume die sie aus ihren Büchern als

Palmen wieder erkannte. Alles ist so seltsam dachte sie. "Es ist schön, dass du mich besucht hast, komm doch mal wieder" sagte Suomo und blickte sie sehnsüchtig an. "Das will ich gerne machen" dachte Lara für sich und sie fuhren unter einer Brücke durch. Als sie unter dieser wieder heraus kamen, stach ein helles Licht in ihre Augen und sieh hörte: "Lara, du kannst doch nicht den ganzen Tag verschlafen", die Fensterläden waren aufgeklappt worden und das helle Licht der Sonne schien direkt auf Laras Nase, die nach einem kurzen Moment heftig niesen mußte. "Gesundheit" rief Geoff, der draußen am Fenster vorbei ging. Er hatte schon seine Sichel geschultert und kam mit einer Handvoll frisch geschnittenem Gras und Wiesenblumen zurück, die er den Hühnern herüber warf. Das Gackern und Scharren drang an Laras Ohr und sie freute sich schon darauf hinaus zu gehen und mit Mara die Eier in den Nestern einzusammeln. Aber zuerst mußte sie unter die Dusche. Sie dachte an ihren Traum und so fragte sie Mara: "Oma, hat es wirklich so eine Insel gegeben?" Mara blickte kurz zurück, während sie die Wäsche über das Fenster hängte und sagte: "Man erzählt viel von dieser Insel, aber es soll viele tausend Jahre her gewesen sein". Lara erzählte von ihren Erlebnissen mit Suomo und der Segelpartie. "Oh, dann habe ich dich ja zu früh geweckt. Aber heute wirst du mit dem Großvater den Fluß runter fahren zu Oma Sibylle und Opa Louis. Die Eltern deines Vaters wollen Dich auch mal wieder sehen. Sie brauchen auch wieder Brot und Getreide und wir brauchen von ihnen Fleisch und Wurst. Ja ich weiß, dass du dies nicht magst, aber den schönen Schnittkäse und den Camembert magst du doch gern". Lara wurde ganz aufgeregt, denn liebte die 40 km lange Flußfahrt mit all den Stromschnellen. Sie saß dann immer mit ihrer roten Schwimmweste bei dem Großvater und beobachtete die Vögel und viele Tiere des Waldes, wie sie zum Fluß kamen um zu trinken oder auch in den flacheren Stellen zu baden. Nach einem ausgiebigen Frühstück, bei dem es Lara gar nicht schnell genug gehen konnte, saß sie da mit roten Wangen und sprudelte heraus: "schlafen wir heute bei Oma Sybille?" Geoff tat erst einmal so als ob er nicht verstand, obwohl er genau wußte, warum Lara unbedingt so lange dorthin wollte, Opa Louis besaß Pferde und ein Pony namens Penny, auf dem Lara immer mitreiten durfte, wenn Louis die Gatter und Pfähle begutachtete, die viele hundert Rinder eingrenzte. "Warum willst du denn dort schlafen fragte er also scheinheilig?" Lara blickte ihn empört an und wollte gerade einen Redeschwall loslassen, als Geoff lachend sagte: "Ja sicher bleiben wir dort länger, Du sogar 2 Tage. Ich muss noch in die Stadt fahren, zu den großen Bäckereien und muss deren neue Bestellungen annehmen. In der Zeit kannst du...", weiter kam Geoff nicht, denn Lara hing schon vor lauter Freude an seinem Hals.

Die Bootsfahrt

Ein Handwagen wurde von Geoff mit Gepäck beladen und zum Boot gezogen. Das Schiffchen hatte eine Kajüte und einen Stauraum, in dem alles verteilt wurde. Auch befand sich darin eine kleine Wohnküche mit 2 Etagenbetten.Lara nahm gerne das obere Bett, da sie dann aus dem Bullauge heraus gucken konnte, wenn sie weiter flußauf fuhren. Als es endlich losging, zog Lara ihre Weste an und Geoff kontrollierte noch einmal die Schnallen. Das Boot schwamm langsam tuckernd in die Mitte des Flusses und Lara winkte, bis sie die Großmutter am Strand nicht mehr sehen konnte. In der Mitte des Flusses befanden sich stärkere Wellen, die das Boot hin und her schaukelten. Lara lachte, über dieses Gefühl, wie auf einer Schaukel zu sitzen. Ihre kleine Weste hatte der Großvater mit einem Riemen am Sitz befestigt. Nach 1-2 km stromab kamen sie in ruhiges Fahrwasser und Opa band sie wieder los. Die Sonne funkelte auf den vielen kleinen Wellenspitzen und Lara sah einen Fisch unters Boot huschen: "Der Hofmarschall" rief sie ganz begeistert. Geoff, der mit dem Manövrieren des Bootes beschäftigt war, hörte sie wegendes lauten Tuckern natürlich nicht. Aber Lara hatte es sowieso mehr zu sich selber gesprochen. Sie legte ihren Kopf auf die Reeling vor sich, hörte nun ganz laut den Motor, aber auch das plätschern und rauschen des Wassers, das sich vorne am Bug des Schiffes brach und einen langen keilförmigen Strich hinter dem Boot hinterließ, den die kräuselnden Wellen zum Rande hin auflösten. Das hohe Schilf am Rande des Flusses rauschte und bog sich leicht im Wind. Ein kleiner Fluß war nun zu sehen, in dem ein Biber schwamm, der geschäftig Zweige und Baumteile im Wasser transportierte. Ganz verträumt blickte Lara auf den großen Staudamm, den der Biber dort weiter oben in dem Nebenarm gebaut hatte. "Willst du sehen wie er aussieht?" fragte der Biber. Auf einmal stand Lara wie durch Zauberei auf dem Damm des Bibers und hatte auch fast dessen Größe bekommen. "Dein Wunsch, jedes mal wenn du an uns vorbei fährst war so groß, das wir die Familie der Biber ihn dir dieses mal erfüllen. Der Eingang zu unserer Wohnung ist unter der Wasseroberfläche. Halte meine Hand und habe keine Angst, wir sind gleich drinnen." Lara empfand ein kurzes Rauschen und schon standen sie in einer geräumigen Laubhöhle. "Siehst du, hier fühlen wir uns sicher. Biber leben schon immer in solch angelegten Dämmen. Wir sammeln Holz, nagen aber auch ganze Bäume ab, wenn wir viel Holz brauchen. Aber du brauchst nicht zu erschrecken. Natürlich sprechen wir uns mit dem Geist des Baumes ab. Hier siehst du nun meine Haupthöhle, du würdest Wohnzimmer und Schlafzimmer dazu sagen. Ach ja, man nennt mich Mumm, da ich immer wenig Angst zeige!" "So, du kleiner Schwatzhans, ertönte die freundliche Stimme der Frau Biber, " du solltest uns aber auch einmal vorstellen". "Nun ja...man kann ja nicht immer an alles denken..und sonst kann ich selten über mich erzählen. Also dies ist Mine, eigentlich kluge Mine, da sie immer auf alles Antworten hat. Hinter ihr die drei kleinen raufenden Racker sind Mumm zwei, Mine zwei und Rudi der Raufbold. Selten können sie mal ruhig sein." "Kannst du auch mal mit uns raufen?" fragte Rudi und schon tobten sie durch den ganzen Biberbau. Lara hielt nach einiger Zeit inne und fragte, was ist denn dahinten für eine Höhle?" Rudi hing noch an Laras Kleid, aber als Mumm ihn streng ansah, ließ er sofort los. "Das ist unsere Vorratskammer. Alle Biber sammeln auch

Vorräte für schlechtere Zeiten." "Kommt ihr auch aus dem Regenbogenland?" wandte Lara sich an Mine, die ja alles wissen sollte. "Nun, aus dem Regenbogenland kommst du Lara, du bist eigentlich ein Engel, der seine Flügel für ein Leben abgegeben hat. Du wirst dich nicht erinnern, aber du hast viele Träume, die dir Teile dieser Welt zeigen. Wir werden eines Tages auch zum Regenbogenland gehen, wenn der hohe Rat der Biberfamilien dies beschließt. Aber noch müssen wir alle unsere Erfahrungen als Biber machen und dies bringt uns sehr viel Spaß." Lara war ein wenig verwirrt über die Erlebnisse. " Wir lieben dieses Leben, schwimmen, sammeln und vielerlei Erlebnisse mehr im Wald." "Gehen eure Zähne nicht kaputt wenn ihr so viel Holz nagt?" konnte Lara nicht mehr an sich halten. Frau Biber schüttelte sich vor Lachen: "Nein Lara, wir müssen nicht unsere Zähne reparieren lassen wie die Menschen, sie wachsen einfach nach", "Oh wie praktisch, können wir nicht auch solche Zähne bekommen?" "Du brauchst deine Zähne doch nicht zum Holz nagen... und stell dir vor wie du dann aussiehst? Mit so großen Zähnen!" Jetzt mußte Lara lachen, "Ja du hast recht, was würden da meine Freunde sagen". Sie blickte noch einmal auf die kleinen Raufbolde im Hintergrund, diese winihr zuwinkten. Lara blickte in den Himmel, wurde müde und schlief ein. Als sie wach wurde, blickte sie nach oben, direkt in Geoffs lächelndes Gesicht. Die Biegung mit dem schönen Biberbau war schon längst ihrem Blickfeld entschwunden. Die Wärme der Sonne, das leise Plätschern des Bootes und Zirpen der Grillen von der Uferböschung drang an ihr Ohr, während Amseln, Drosseln, Finken und Meisen von Vögeln ein Konzert in den Wäldern veranstalteten. Geoff steuerte eine kleine Bucht an, in der er den Anker warf und sich in der Kombüse zu schaffen machte. Oh, die Großmutter hatte eine große Gemüsepfanne vorbereitet, die Geoff nur wieder zu wärmen brauchte. Lara lief blitzschnell in die Küche und holte Teller und Bestecke, um den Tisch auf dem Boot zu decken. Es gab nichts schöneres als auf dem Boot zu essen und dabei die Geräusche und Tiere des Waldes zu erleben. Am Flußufer machte sich ein Fischotter bemerkbar, der blitzschnell ins Wasser tauchte und nach einiger Zeit mit einem Fisch wieder auftauchte. Zum Glück war der Fisch nicht der Hofmarschall, den sie bei dem Besuch der Wassergeister kennen gelernt hatte. Wenn Lara es auch nicht verstand, warum die Tiere sich gegenseitig fraßen, wußte sie doch, dass es so ist, wenngleich es ihr noch nicht ganz klar war. Der Duft gebratener Kartoffeln drang an Laras Nase und weckte ihren Appetit. Beim Essen erzählte das Mädchen von der Biberfamilie in allen Einzelheiten. Der Großvater hörte zu und Erinnerungen an seine Kindheit stiegen in ihm auf. Auch er lag früher einmal in der Nähe des Flusses auf dem Bauch und wunderte sich, wie so ein kleines Tier einen Baum abnagte, bis dieser umfiel. Aber das war schon so lange her und trotzdem schaffte es die Enkelin in ihrer fröhlichen, unbekümmerten Art und ihrer Lebhaftigkeit, Geoff immer wieder an seine eigene Kindheit zu erinnern. In der Mitte des Flusses tuckerte ein anderes Boot vorbei. Das Lachen und Geplauder vieler Menschen drang an ihre Ohren. Als das Boot in Sichtweite war, winkte die bunte Schar und man konnte erkennen, das es sich um eine Hochzeitsgesellschaft handelte. "Alles Gute und herzlichen Glückwunsch", rief Geoff der Gesellschaft zu. Auch diese grüßten, aber da sie alle durcheinander riefen, konnte man es nicht genau verstehen. Schnell entschwanden sie mit ihrem Boot aus dem Blickbereich, da die nächste Flussbiegung sie scheinbar verschluckte. Nach einer Weile fing das Boot sanft an zu schaukeln, da die Bugwellen des vorbei gefahrenen Schiffes jetzt bei ihnen ankamen. Lara schloß die Augen, um wieder das Wippen „ihrer Schaukel" zu genießen. Langsam leerten die beiden ihre Teller und Lara ging mit in die Kombüse um beim Abtrocknen zu helfen. Der Großvater holte den

Anker ein und steuerte das tuckernde Boot wieder in die Mitte des Flusses. Nach zwei weiteren Stunden Fahrt sahen sie in der Ferne Berge am Horizont auftauchen und Lara wußte, daß nach zwei weiteren Biegungen des Flusses der Anlegesteg von Louis und Sybille zu sehen sein würde. Großvater Louis wartete schon am Steg, um das Seil zu fangen und das Boot vorne zu befestigen. Die Freude über die Ankunft der Beiden war ihm ins Gesicht geschrieben, welches sich in einem Lächeln ausdrückte. Er drehte sich zu dem Farmhaus um und rief: "Sibylle!" ..und wenige Minuten später kam schon die Großmutter den Weg heruntergelaufen. Auch sie hatte die Ankunft der Beiden erwartet. Lara lag sofort in den Armen von Louis, der sie anhob und sich freudig im Kreis drehte. Lara liebte diese Begrüßungen. "Jetzt gib mir mal die Kleine", sagte Sibylle zu Louis gewandt. Er setzte Lara wieder behutsam auf den Boden, wo Oma sie sofort an ihr Herz drückte, während sich die beiden Männer mit einem festen Händedruck begrüßten und das Boot auch am Heck festbanden, ging Lara mit ihrer Großmutter zu der Farm hinauf. Alle Dinge im Haus waren Lara vertraut und so flitzte sie die Treppe zu dem kleinen Dachzimmer hinauf. Es war das ehemalige Zimmer ihres Vaters gewesen. Sie öffnete die leicht knarrende Tür und schaute sich rasch in ihrer 2. Heimstatt um. Das Bett in der Ecke war schon frisch bezogen und sie begutachtete die mit kleinen Bärchen bestickte Überdecke. Das Zimmer hatte einen großen, in das schräge Dach eingebauten Balkon. Lara stieg über die Schwelle auf den Balkon hinaus. Sie kletterte auf einen kleinen Hocker und konnte nun über das ganze Tal blicken. Unten vorm Haus sah sie das Boot leicht auf dem Fluß schaukeln. Die Strahlen der untergehenden Sonne fielen auf die Berggipfel, deren grüne Wälder leicht im Wind schwankten. Das laute Zwitschern der Vögel war bis zum Haus zu hören und Lara mußte wieder an ihren Freund, den Baum, denken und ein Gedanke kam ihr: "Ob all die vielen Bäume ihr was erzählen könnten?" "Na du Träumerin", drang Sibylles liebevolle Stimme an Laras Ohr. "Wir warten unten schon auf dich. Louis will noch hoch zur Koppel und nach den Ställen gucken." "Oh ja!" rief Lara .. und lief nach unten ins Haus: " Louis, warte auf mich". " Aber ja, lauf langsam", mahnte Louis. Er nahm seine Enkelin an die Hand und sie gingen nach draußen. Geoff war am Boot und belud einen Wagen mit Getreide und Mais, welches er aus der Ladeluke heraus schaufelte. "Mein Kleines", sagte er und nahm Lara in die Arme, "wenn du wieder zurück bist, bin ich fertig mit dem Entladen und unterwegs zu der Stadt". Lara küßte ihren Großvater stürmisch auf die Wange und sauste zu Louis um mit diesem zum Stall zu gehen. Sie freute sich schon sehr darauf, das Pony und die anderen Pferde zu sehen. Ein freudiges Wiehern drang aus dem Stall an ihre Ohren und das Pony stampfte unruhig auf den Boden, um sich bemerkbar zu machen. Lara lief sofort zu ihm. "Na Penny du kleine Süße, hast du mich schon vermißt?" Klein klang aus Laras Mund immer lustig, da das Pony im Vergleich zu den Pferden zwar klein, aber viel größer als das Mädchen war. Schnell waren die Pferde gesattelt und Lara trug stolz ihren kleinen Pferdehelm, den Louis als erstes gekauft hatte um seine Enkelin zu schützen, falls sie einmal vom Pony fallen sollte. Im leichten Trab ritten die beiden nun den Feldweg zum Hochplateau, auf dem die Pferde und Kühe grasten. Als sie dort ankamen, ritten sie langsam an den Zäunen entlang, die Louis auf ihren Zustand hin überprüfte. "Na so etwas, da ist doch ein Pfahl gebrochen". Ein paar Pfähle hatte Louis immer hinten am Sattel befestigt, sowie Draht, Zange und Werkzeug in der Satteltasche verstaut. Er holte nun alles hervor und Lara staunte, wie schnell Louis den alten Pfahl entfernte und den neuen in den Boden schlug. Geschickt befestigte er mit Metallkrampen die neuen Drähte an den Pfosten. Ein paar neugierige Kühe kamen herbei und schnupperten an Laras Hand, mit der sie ihnen ein paar Grashalme hinhielt. Kräftig schlang die Kuh ihre Zunge um das Grasbüschel und zog es zu sich hin. Lara mußte lachen, da die rauhe Zunge der Kuh ihre Hand streifte. "Willst du mal nicht so gierig sein", sagte sie zu der Kuh, die dieses mit einem kräftigen "Muuhh" quittierte. Louis packte alle Sachen wieder in seine Satteltasche. Sie nahmen die Pferde an den Zügeln und gingen zu Fuß einen kleinen Waldweg an der Koppel entlang. Der Weg war zu schmal um ihn reiten zu können. Louis führte sein Pferd hinter Lara um diese besser mit ihrem Pony im Auge behalten zu können. Das leise Schnauben von Louis Pferd drang an Laras Ohren und sie freute sich schon auf das Hochplateau, von dem aus sie bis zur Farm gucken können. Die Farne, durch die sie schritten, wurden immer niedriger. Lara erblickte einen Salamander, der am Wegrand saß und sie beobachtete. Sie wußte das sie nicht zu nah heran durfte, weil diese schnell davon huschen. Laras Freundin Susi versuchte mal einen zu fangen, hielt aber nur den Schwanz in der Hand. Irgendwie hatte der Salamander seinen Schwanz abgeworfen und Susi bekam ein ganz schlechtes Gewissen, da sie dachte das Tierchen verletzt zu haben. Erst als ihr Geoff erklärte, daß diese

Schwanzlurche so gewachsen sind, um im Notfall zu flüchten, war sie beruhigt. "Na nun geh mal weiter," ertönte von hinten die Stimme von Louis. Die Pferde werden leicht unruhig, wenn sie auf so engem Raum zu lange stehen müssen. Der Weg wurde breiter und führte auf das Plateau. Louis band die beiden an einen Baum. Sie setzten sich auf eine Bank, die Opa vor einigen Jahren aus dicken Baumstämmen gefertigt und hier aufgestellt hatte. Davor stand ein ebenso solider Tisch, an dem Louis und Sybille an warmen Sommertagen gern ihr Abendessen genoßen und den Sonnenuntergang betrachteten. Über ihnen zogen kleine dicke Wölkchen, die wie Blumenkohlröschen aussahen, am tiefblauen Himmel entlang.

Wind und Wolken

Plötzlich blähte sich eine etwas dickere Wolke und formte ein pausbäckiges Gesicht. "Lara, kennst du uns noch?" "Wen?", "Uns, die Wolken und die Winde! Wir reden oft mit dir, nur hörst du uns dann als Rauschen in den Bäumen und Wäldern...oder am Haus pfeifen. Auch bringt es uns Spaß, mit losen Fensterläden zu klappern und Hüte weit fliegen zu lassen. Willst du unsere Welt einmal sehen?" "Oh ja" rief Lara begeistert. Ein Zischen ertönte und schon saß Lara auf einer Wolke. Diese war wohl ein wenig empfindlich und lachte, als Lara sich zurecht kuschelte auf ihrem Wolkensessel. "Nicht so stark wackeln", kicherte die Wolke Suna und sagte zu Lara gewandt: "Ich bin doch kitzelig". Sie bestand zwar aus Wasser, wir bestehen, wie ihr auch, überwiegend aus Wasser. "Viele Wesen, oder du würdest Geister sagen, äußern sich durch Wasser und Wind, wie auch ich. Die Wassergeister des Flusses hast du ja schon kennen gelernt, auch sie sind unsere Verwandten." Lara sah nun, wie eine andere Wolke die Backen blähte und ganz stark pustete. Unterhalb von Lara befand sich ein kleines Segelboot bei dem sich sofort die Segel blähten und es in Fahrt kam. "Siehst du, so helfen wir den Menschen auch bei den Segelbooten, aber paß mal auf, jetzt blase ich einmal in eine andere Richtung. Die Wolke holte noch einmal Luft und blies in eine andere Richtung. Dort sah Lara eine große alte Windmühle. Im Inneren befüllte ein Müller gerade seinen Trichter mit Getreide und Mehl kam aus der Unterseite. "Bei Großvater Geoff mahlen wir auch Getreide in der Mühle", "ja ich weiß, aber dort helfen unsere Verwandten, die Wassergeister". Die große Mühle klapperte lustig mit ihren weißen Flügeln und Lara lauschte freudestrahlend. Sanft zauste Suna Lara an den Haaren und zeigte ihr, wie sich die Wälder unter dem leichten Pusten bogen und rauschten. "He, nicht so stark blasen", rief ein kleiner schwarzer Rabe, der kaum gegen den Wind ankam. "Puste ruhig stärker", riefen Apfelbäume vom Boden aus, "wir lieben den Wind, der unsere Blüten bestäubt und uns schüttelt". "Siehst du Lara, man kann es keinem recht machen". Das Wölkchen Suna hob Lara etwas höher und flog mit ihr wieder zu den Bergen, wo sich ein Hochplateau zeigte. "Lara, träumst du?" fragte Louis. "Nein, ich war bei Wind und Wolken", entgegnete sie und hatte ganz rote Wangen, da sie immer noch den Wind fühlte, der ihr das Haar zauste. "Wir müssen jetzt zurück, aber wir können den breiten Weg hinten am Berg nehmen. Dieser ist zwar länger, aber man ist schneller zurück, da man ihn reiten kann, ohne absteigen zu müssen". Lara kannte den anderen Weg noch, da sie diesen mit Louis früher schon mal geritten war. Sie nahm diesen auch gerne, weil es dort viele blumenbedeckte Wiesen und Tiere gibt. Mal hockt mitten im Feld ein Hase und knabberte am Gemüse, oder eine Katze lauert im Feld einem Mäuschen auf. Das Klappern der Pferdehufe war fast ein wenig einschläfernd, aber Lara blickte trotzdem angestrengt auf den Waldrand. Dort standen ein paar Rehe, die mißtrauisch in alle Richtungen schnupperten. Der Wind kam jedoch vom Wald zu ihnen über die Wiese und so nahmen die Tiere jene beiden Reiter nicht wahr, denn diese Tiere orientieren sich sehr stark an der Witterung. An einer kleinen Felserhöhung hielt Louis an und sprang vom Pferd. Hier sprudelte eine kleine Quelle aus dem Boden und der Großvater füllte beide

Trinkflaschen. " Lara nahm gleich einen großen Schluck aus ihrer Flasche. Das Wasser schmeckte herrlich erfrischend und war ganz kühl, weil es tief aus der Erde hochgesprudelt kam. Lara trank in großen Schlucken, denn sie war durstig und liebte dieses frische kühle Naß. Sie setzte sich an einen Baum neben Louis und blickt in Gedanken versunken auf die lebhaft aus dem Fels sprudelnde Quelle. "Das ist das Wasser des Lebens, Lara". Das Mädchen schaute sich nach der leisen weiblichen Stimme um und sah eine bläulich schimmernde Lichtsäule. Als sie genauer hinsah, erkannte sie eine Frau, die in einem blau schimmernden Mantel dort stand. Auf dem Mantel blitzten und schimmerten Sterne. "Wer bist du denn?" fragte Lara, "Man nennt mich die Königin der Engel. In der Kirche nennt man mich Maria. Ich segne und helfe den Menschen wo ich kann. Viele Quellen wurden von mir besucht und ihr Wasser wurde heil, so dass sie ihre Kraft an die Menschen weiter geben können. Schau einmal...", sie hob die Hände und etwas wie Licht oder Silberschauer ergossen sich über die Quelle. Lara erschauerte, nun ahnte sie warum dieses Wasser sie so erquickte. "Ich danke dir, liebe Königin der Engel. Darf ich Louis davon erzählen?" "Nein, laß es lieber, diese Quelle ist nicht vorgesehen als Pilgerort, wie manche andere Quelle, die du nicht kennst. Betrachte es als unser Geheimnis. Du hast einen reinen Blick, deshalb kann ich dich besuchen und deshalb darfst du mich sehen. Das ist nur bei wenigen Menschen so, mußt du wissen. Ich grüße dich und werde immer bei dir sein." Langsam entschwand die Lichtgestalt und Lara sah wieder den Felsen dahinter. Die Welt ist doch schön, dachte Lara als sie ihre Pferde wieder in Bewegung setzten. Auf dem Bauernhof angekommen, half Lara dem Opa mit noch in den Ställen das Heu zu befeuchten und es an die vielen Kühe zu verteilen. Im Hintergrund grunzten ein paar Schweine, die Lara lieber auf der Wiese betrachtete, da es in ihrem Stall immer sehr streng roch.

Das Märchen

Nach dem Abendessen wusch Lara sich und wäre beim Zähneputzen fast eingeschlafen.Die Bärchen auf ihrem Pyjama verschwammen vor ihren Augen. Das große Badezimmer mit den hellblauen Kacheln hatte 2 Türen. Eine ging in Laras Zimmer, die andere ins Schlafzimmer ihrer Großeltern. Die beiden kamen ans Bett um ihr Gute Nacht zu wünschen. Louis ging gleich wieder und die Sybille setzte sich mit einem Märchenbuch auf die Bettkante. "Na Lara, soll ich dir noch ein Märchen vorlesen?" "Oh ja" rief Lara gleich erfreut. Die Großmutter machte ein ganz wichtiges Gesicht, als sie im Buch nach einer Geschichte suchte. Wahrscheinlich will sie eine Geschichte vorlesen, die ihr selber auch gefällt, dachte Lara. Also begann die Großmutter vorzulesen: "Die Geschichte heißt: Des Königs Pflanze. "Es war einmal ein Königreich namens Laundi. In diesem wurde ein kleiner Prinz geboren. Das ganze

Königreich freute sich über das Ereignis und fast alle Bewohner des kleinen Landes kamen zu dem Schloß um dieses zu feiern. Der große Platz vor dem Schloß war voller Menschen, majestätisch ragten die vielen Türme und Zinnen in den Himmel. Auf dem großen Balkon, den die Königsfamilie für festliche Anlässe und Repräsentationen benutzte, standen sie auch dieses mal. Auch ein kleines unscheinbares Blümchen, welches man nur Kerzchen nannte, war dabei. Es zog seine Wurzeln aus dem Boden und bewegte sich auf ihnen langsam fort. Bei dem großen Gedränge konnte das Pflänzchen gar nicht so recht sehen, was dort passierte und wie der Prinz aussah. "Laßt mich mal vor", jammerte das „Kerzchen", das nur die Höhe eines Armes von 30cm maß. Aber die Leute lachten und meinten: "Wachs doch einfach, wir sind froh, wenn wir einen guten Platz haben und gucken können!" "Dann hebt mich doch einmal hoch!" Aber keiner beachtete das Pflänzchen weiter. Es stand am Rande und sah nun, wie alle Menschen nach Hause gingen und die Königsfamilie wieder im Schloß verschwunden war. Das Pflänzchen kroch an der Wand des Schlosses entlang und dachte: "Ich werde hier vor dem Fenster des Prinzen meine Wurzeln schlagen und versuchen zu wachsen, bis ich durch das Fenster hinein gucken kann.Gedacht getan. So verging die Zeit und das Kerzchen streckte sich.. und streckte sich, bis es Stück für Stück gewachsen war. Der Garten war für königliche Verhältnisse nicht so groß, denn nach ungefähr 30 Metern kam schon die Schloßmauer, die das Grundstück begrenzte. Trotzdem wuchsen in diesem Garten Pflanzen und Blumen aus aller Herren Länder. Exotische Pflanzen neben heimischen Rosen und

Tulpen. Das Farbenmeer der Blumen und Bäume wurde nur durch den köstlichen Frühlingsduft übertroffen. So verging die Zeit und auch der Prinz, den das Blümchen ab und zu mal hörte, wurde größer. Eines Tages hatte es unsere Pflanze geschafft und die Größe von über 2 Metern erreicht. Der Prinz sah nun ab und zu die gelben Blüten unseres Kerzchens, auf das jetzt die Bezeichnung nicht mehr ganz zutraf, denn aus dem Kerzchen war eine richtige Kerze geworden. Da sie aber so schöne gelbe Blüten hatte, war der Prinz mit ihrer Position vor dem Fenster einverstanden. Er sagte dem Gärtner, daß er die Blume dort stehen lassen solle. Der hatte schon überlegt, ob er sie nicht auspflanzen solle. Unsere Kerze war ganz stolz als sie dies hörte. Für die Blume war der Prinz der schönste Knabe des ganzen Königreiches. So geschah es aber dann, daß unser Prinz eines Tages einen ganz bösen Hautausschlag bekam, der überhaupt nicht mehr weggehen wollte. So wurde der Prinz ein ganz trauriger Prinz, denn welche Prinzessin würde ihn so noch mögen. Am Hof traute sich natürlich keiner etwas darüber zu sagen, denn der König war recht streng und so unterblieben also die Bemerkungen. Aber jeden Morgen, wenn unser Prinz in den Spiegel sah, betrachtete er die Pusteln und war unendlich traurig darüber. "Was kann ich denn nur tun" fragte er die Ärzte, die vom König herbei geholt wurden. "Wir haben auch schon alles probiert" sagten diese, "aber nichts half." So lief unser Prinz mal wieder durch den kleinen umzäunten Garten und hielt den Kopf gesenkt. Nach draußen traute es sich nicht, wegen seines Aussehens. "Oh könnte ich doch nur wieder gesund sein!" rief er verzweifelt. So vergingen weitere Jahre und nichts änderte sich. Eines Tages, nachdem er wieder seine Runden im königlichen Garten gelaufen war, setzte er sich unter sein Fenster direkt neben die Kerze und guckte sie traurig an. "Wenn doch jemand mir helfen könnte", sagte er zu ihr gewandt. "Ich werde es probieren, sagte unsere Kerze und legte eines ihrer mittlerweile großen Blätter über den Arm des Prinzen. Dieser schaute erstaunt auf, denn er empfand eine wohltuende Kühle auf seinem Arm, der sonst immer etwas brannte. Der Prinz wurde müde und schlief mit dem Kopf auf der Fensterbank ein. Die Kerze hielt immer noch ihr Blatt auf seinen Arm. Nach einigen Stunden erwachte der Prinz und ging wieder in sein Zimmer. Als er an dem Spiegel vorbei kam, blieb er ruckartig stehen. Die Stelle an der das Blatt der Kerze gelegen hatte, war wieder ganz weiß und man konnte eine wunderschöne Haut sehen. Der König wurde herbei gerufen und sah das Wunder. Dieser und sein ganzer Hofstaat eilten nun zu der Kerze. "Liebe Pflanze, du hast meinem Sohn geholfen, aber wir würden 6-7 deiner wunderschönen großen Blätter brauchen um den Prinz ganz zu heilen. Ich weiß, daß es dir schmerzen bereiten würde, aber du hättest einen Wunsch frei und deine Nachkommen bekämen einen Ehrenplatz im königlichen Garten". "Ja lieber König, gerne gebe ich die Blätter und habe nur einen Wunsch". "Sag was du möchtest und dein Wunsch wird erfüllt", mit bebenden Blättern sagte unsere Kerze: "Ich möchte König - Kerze heißen"! "Wenn es weiter nichts ist", sagte der König, "Dein Wunsch wird erfüllt!" Und so wurde ein Dokument verfaßt, auf welches der beste Maler des Landes ein Bild unserer Kerze zeichnete. In einem großen Festakt wurde das Dokument hinter der Kerze an der Wand des

Schlosses befestigt. Seit dieser Zeit heißt diese Pflanze "Königskerze" und jeder weiß, daß sie bei Haut und Beinleiden als Wickel sehr nütze ist." "Haben wir auch diese Pflanze?" fragte Lara, "oh ja, heute wächst sie wieder wild in der Natur", entgegnete Sybille, nun wird aber geschlafen...."ja das will ich", murmelte unsere Lara und schlief auch schon bald ein. Im Traum sah sie wunderschöne große Königskerzen, einen ganzen Wald und sie teilte allen Menschen mit, daß dieses eine großartige Heilpflanze wäre. Außerdem wurde sie in das Königreich Laundi eingeladen und durfte dort den Garten besuchen. Der Garten war viel größer und schöner als Großmutter Sybille ihn in ihrem Buch geschildert hatte. Kleine gewundene Pfade mit Kies bestreut, der so schön unter den Füßen knirschte, wurden halb von denen ihn säumenden Pflanzen und Blumen überwuchert. Ein starker Blütenduft hing in der Luft und Lara hüpfte begeistert diesen Weg entlang. Nun kam sie zu einer kleinen Brücke, die ganz aus wunderschön verzierten Hölzern gebaut worden war. Sie führte in einem hohen Bogen über das kleine Bächlein und als Lara am höchsten Punkt auf ihr stehen blieb, konnte sie in das klare und doch tiefe Wasser hinein blicken. Der Grund war mit Steinen, Sand und Wasserpflanzen bedeckt, ließ vielerlei bunte Fische und kleine Krebse erkennen, denen es sichtlich Spaß brachte gegen den Strom zu schwimmen. "Hallo wen haben wir denn da?" ertönte eine Stimme neben ihr. Es war der Prinz der wie gewohnt abends seinen Rundgang machte. "Ich bin Lara," erwiderte das Mädchen. "Ich habe schon von dir gehört, du hast meine Blume, die Königskerze bekannt gemacht. Ich danke dir dafür." "Das mache ich gerne, außerdem wurde mir das doch als Aufgabe übertragen." Dabei machte sie eine Verbeugung vor dem Prinzen. Dieser lachte und sagte, "bei uns wird bei Gästen nicht so genau auf das Protokoll geachtet. Du weißt doch, das Protokoll enthält die Regeln wie man sich am Hofe zu benehmen hat und wer wen grüßt und vor allem auch wie." Der Prinz gab dem Mädchen die Hand und sagte: "Ich glaube du mußt jetzt gehen, besuche uns doch mal wieder!" "Das werde ich gerne tun." Sie lief den Kiesweg zurück, der auf einmal immer heller wurde und es ertönte ein Klang wie der eines sich öffnenden Fensterladens. "Guten Morgen Lara, es ist schon heller Tag," sagte Sybille, während sie die Fensterläden zurück klappte. "Louis ist schon bei den Kühen und melkt sie. Er macht dies immer noch gerne per Hand, um persönlichen Kontakt zu den Tieren zu haben. Das ist bei den Menschen genauso wichtig." Du kannst ihm ja ein wenig helfen. Lara wollte gleich losrennen. "Halt mein Kind, erst ins Bad, waschen und Zähne putzen.. und im Schlafanzug willst du doch auch nicht in den Stall?" fragte Sybille lachend. "Nein, nein," rief Lara, die schon im Bad verschwunden war, bevor Sybille ganz ihren Satz beenden konnte. Dort machte sie die Wäsche im Eilgang, putzte geschwind ihre Zähne un zog sich schnell wie der Wirbelwind an. Sybille, die mittlerweile in der Küche war, hörte nur noch das Poltern auf der Treppe und die Haustüre klappen, dann sah sie Lara schon über den Hof rennen und im Stall verschwinden. Als sie in den Stall stürmte, sah sie Louis schon bei der dritten Kuh sitzen und wieder einen Eimer mit frischer Milch befüllen. Diesen füllte er dann immer in eine große silberne Milchkanne um die Nachmittags von einem Molkereifahrzeug abgeholt wurde. "Warte auf mich Großvater rief sie schon von weitem," denn Louis hatte ihr einmal versprochen, daß sie das Melken lernen sollte. Nun stand Louis auf, holte schnell noch einen kleinen Melkschemel für die Lara. Dieser wurde normalerweise von Sybille benutzt. Heute war diese jedoch in der Küche mit den Vorbereitungen für das Frühstück beschäftigt. So war also der zweite Melkschemel für Lara frei. Louis stellte ihn auf die andere Seite der Kuh, die Louis gerade molk. Er faßte zwei Zitzen der Kuh und zeigte Lara, wie er Milch daraus hervorzauberte, indem er mit den Fingern nach unten strich. "Jetzt probier du mal," ermunterte er das Mädchen. Lara faßte sich auch zwei Zitzen und zog daran. Nichts passierte und sie schaute unglücklich. Nun nahm Louis eine Hand von Lara unter der Kuh hindurch und führte sie an eine Zitze, wobei er rutschend an dieser herunter strich. Nun spritzte ein feiner Strahl in den Eimer. "Ach so geht das," bemerkte Lara und probierte es jetzt selber mit zwei Zitzen. Nun kam ein wenig Milch heraus und Lara lachte darüber laut auf. Louis melkte nun die anderen Kühe, während Lara an dieser Kuh weiter übte, die schon so gut wie abgemolken war. "Davon bekomme ich aber ein Glas zum Frühstück," sagte sie mehr zu sich. Louis, der gerade an ihr vorbei ging nickte ihr zu. "Sicher bekommst du ein Glas davon." Er füllte eine kleine Kanne und nahm diese mit zum Bauernhaus in dem Sybille schon wartete. "Wir stellen die Milch erst einmal eine halbe Stunde in den Kühlschrank," meinte Sybille zu Lara gewandt, die den Tisch inspizierte und nickte. Nach dem Essen kam die übliche Prozedur des Abräumens, bei der Lara gerne half und danach noch ein halbe Stunde auf der Veranda auf der

Hollywoodschaukel sitzen durfte. So war es auch heute. "Ich gehe schon mal raus," rief sie der Großmutter zu, die nickend in der Türe stand und wußte, was ihre Enkelin beabsichtigte. Lara ging zu dem Sandkasten, in dem sie gerne mit Formen spielte. Unterbrochen wurde dieses nur zu Mittag als sie gemeinsam aßen und Lara ihre Milch genoß. Gegen Abend hatte sie einen kleine Stadt fertig und es erinnerte sie sehr an das Brett mit der Mühle, an welchem Geoff mit ihr zusammen bastelte. Sie wusch sich ihre Hände und ging zur Terrasse auf der die Hollywoodschaukel steht. Auf diese legte sie sich hin und gab sich an den Pfosten derselben einen kleinen Schwung. Sie schloß die Augen und spürte den leichten Wind, hörte die scharrenden Hufe der Tiere im Stall. In der Ferne rief ein Kuckuck und vielerlei anderes Vogelgezwitscher ließ sich vernehmen. Das Schaukeln gab ihr die Illusion des vor und zurück Fliegens und sie fühlte sich dabei immer leichter. Die Schaukel knarrte ganz leise und kam langsam zum Stehen. Lara war eingeschlafen. Louis, der dies bemerkt hatte, nahm sie sacht in die Arme und brachte sie nach oben, während die Großmutter schon das Bett abdeckte und den Schlafanzug bereit hielt. Zu zweit zogen sie Lara für die Nacht an und legten sie in ihr Bett.

Die Lichtgestalt

Lara war schnell eingeschlafen und kam nun in einen Zustand in dem sie wußte, daß sie schlief und trotzdem ihr dunkles Schlafzimmer empfand. Die Fensterläden waren geschlossen und der Raum war stockdunkel. Ein eigenartiges Kribbeln lief durch ihren Körper als sie an ihr Erlebnis mit der Königin der Engel dachte. Bilder der Erinnerung und der Phantasie liefen vor ihren Augen ab. "Träum ich oder wach ich?", dachte sie, war sich aber ihres im Bett liegenden Körpers bewußt. Landschaften und Meere zogen vor ihrem inneren Auge an ihr vorbei. Sie empfand diesen Zustand als lustig und versuchte mehr zu "sehen". Auf einmal hatte sie das Gefühl, wie in etwas hineingezogen zu werden. Die Landschaft, aus grünen Wiesen und Hecken, breiteten sich leuchtend vor ihr aus. Bei dem Versuch vorwärts zu gehen merkte sie wie die Landschaft sich an ihr vorbei bewegte. "Wie praktisch, ich kann mich ja vorwärts denken," murmelte sie. Am Ende des langen Weges sah sie einen hellen Lichtpunkt der näherkam, als sie ihn fixierte. Es handelte sich um einen schönen runden Pavillon, der auf Säulen gestützt in der Mitte einer Wiese stand. Ein breiter Weg führte zu ihm und ein kleiner See stieß auf der anderen Seite an ihn heran. Es war ein stiller See und einige Enten und andere Vögel tummelten sich auf ihm. Alle Farben schienen in dem See zu funkeln wie ein Diamant. Aber noch viel heller war das Licht, das aus dem Pavillon seine Strahlen in die Umgebung schickte. Ein Schwarm weißer Tauben flog hinter dem Gebäude entlang und verschwand in der Ferne. Lara nahm dies alles am Rande wahr, da ihr Augenmerk auf das Gebäude gerichtet war. Eine breite

Marmortreppe führte in das Gebäude hinein. In der Mitte stand ein Mensch, der die Quelle dieses hellen Lichtes war. Lara sah ihn an und glaubte in ihm ihre Eltern, wie auch ihre Großeltern zu sehen. Ein weißes helles Gewand hing von seinen Schultern bis zum Boden. Im Hintergrund glaubte das Mädchen viele Menschen zu sehen, was aber so schwer zu erkennen war, da das Licht des Mannes, der sich ihr nun zuwandte so hell war. Es tat nicht in den Augen weh, war aber trotzdem unbeschreiblich stark. Ohne den Mund zu bewegen sprach er Lara an: "Meine liebe Lara, ich warte auf dich und sehe mit Freuden wie schön du deine Aufgaben in dieser Welt erledigst. Du denkst jetzt, welche Aufgaben mag er meinen. In einer Zeit die du nicht erinnerst, haben wir dich erwartet und freuen uns auf dich. Nun bist du da und hilfst den Menschen "Freude" zu empfinden. Deine Großeltern, aber auch die Tiere und Pflanzen haben mir von dir berichtet."
"Wer bist du denn," murmelte Lara leise. "Ich habe viele Namen, zuletzt bezeichnete man mich als Christus. Du hast doch schon die Lichtwesen gesehen und alle arbeiten miteinander. Der Geist des Baumes, der mit dir sprach oder auch der Wassergeist. Alles dies sind Kinder des Lichtes mit Aufgaben. Aber der Grund warum wir uns heute treffen ist ein ganz anderer. Hier sind schon zwei Menschen im Hintergrund die ganz aufgeregt sind, mit dir sprechen zu können. Mit einem großen Jauchzer fiel Lara ihren Eltern in die Arme. Nachdem sie sich kräftig gedrückt hatten und Lara ein starkes Glücksgefühl empfand, nahm ihre Mutter sie in die Arme und sagte: "Du weißt, daß wir hier im Regenbogenland sind. Hier sehen wir euch zu und helfen durch eure Gefühle zu verstehen, was ihr selber

eigentlich machen wollt. Ich meine wenn du in den Wald gehen willst und plötzlich das Gefühl hast, ich will doch nicht gehen, sind wir es vielleicht, die zu dir sprechen und sagen wollen, es kommt ein Gewitter oder starker Regen." In diesem Moment landete ein kleiner goldener Vogel auf der Schulter von Anna: "Auch ich liebe dich und möchte Danke sagen für die Hilfe. Ich war die kleine Amsel der du den Weg gezeigt hast." Lara war ganz sprachlos, nun wandte sich das große Lichtwesen wieder an das Mädchen, "die Menschen wissen immer noch nicht genau was Liebe ist mein Kind, Liebe ist das Band aus Licht, welches jeden Menschen und jedes Lebewesen verbindet. Es besteht aus göttlichem Licht und jeder Mensch nimmt davon, muß aber auch weiter geben. Gibst du auch genug davon Lara?" "Oh ja, ich gebe viel, ich füttere die Tiere, spreche mit den Fischen und helfe wo es nötig ist. Na ja vielleicht nehme ich mir ab und zu mal was oder schreibe in der Schule ab." Ein Lächeln huschte über das Gesicht des Lichtwesens. "Lara du hast ein gutes Herz, wir lieben dich und umarmen dich jetzt noch einmal, bevor du wieder zurück gehen wirst, deine Großeltern warten schon auf dich." "Aber ich möchte hier bleiben!" "Deine Großeltern erwarten dich Lara!" Lara wandte sich ab und ging den Weg wieder zurück...oder schwebte sie? Sie wußte es nicht genau. Eine Stimme drang an ihr Ohr. "Das Mädchen hat nur eine Erkältung und Fieber. Sie muß noch einen Tag im Bett bleiben. Lara schlug die Augen auf und an ihrem Bett saß Dr. Sommer und las gerade sein Fieberthermometer ab. "Die Temperatur ist etwas erhöht, aber es ist nur eine leichte Erkältung. Geoff der gerade mit seinem Boot angekommen war, kam die Treppe herauf geeilt und sagte hastig: "Was hast du denn gemacht Lara?" "Wahrscheinlich hat sie sich in der Schule eine leichte Erkältung geholt, aber da zur Zeit Ferien sind kann sie sich ja auskurieren. "Geoff ich kann Kühe melken!" rief Lara dem Großvater Geoff zu, der sie ganz erstaunt anblickte und dann erwiderte: "Du bist schon ein geschicktes Mädchen und Opa Louis ist ja auch ein guter Lehrmeister. Nun werde aber erst einmal wieder gesund. Ich verschiebe unsere Rückfahrt auf Morgen und dann kannst du ja im Boot noch weiter Bettruhe halten. " Lara erzählte nun ihren Traum und Geoff blickte ein wenig verdutzt. Dann bemerkte er, daß die Erkältung wohl doch ein wenig stärker sei als angenommen. So mußte Lara in dem Bett bleiben und lauschte von hier aus allen Geräuschen im Haus. Geoff und Louis unterhielten sich, aber Lara konnte nicht verstehen worüber sie sprachen, hatte aber das Gefühl es ginge auch um sie. Sybille kam herein und brachte ihr ein Tablett mit aufklappbaren Füßen, von dem man mit hochgestellter Matratze bequem im Bett essen konnte. Dies brachte Lara viel Spaß, auch die heiße Milch mit dem Honig genoß sie. Aber den ganzen Tag oder gar noch länger im Bett liegen zu müssen gefiel ihr nicht so gut. Viel lieber würde sie jetzt in den Wald flitzen oder auf ihren Lieblingsbaum krabbeln, der oben so eine breite Krone besaß, so daß man sich dort wie in einem Baumhaus fühlen konnte. Im Geräteschuppen hinterm Haus befand sich ein kleines Holzauto, welches ihrem Vater gehört hatte. Mit diesem ließ sie sich gerne den Weg zum Fluß herunter rollen, wobei sie oftmals vor Freude lachte. Das wieder hochziehen war dann schon mühsamer, aber oftmals halfen Sybille oder Louis. Manchmal kam auch das Mädchen Susanne aus der Nachbarschaft, dann ging es natürlich noch besser.

Zu zweit konnte man den Wagen besser zurück ziehen. Aber das ging ja jetzt alles nicht. "Nun denke ich bestimmt nicht wie ein Engel", haderte sie ein wenig mit ihrem Schicksal.

Die Rückfahrt mit dem Boot

Nach einem langweiligen Tag im Bett, bei dem Lara sich gar nicht als krank empfand, schlief sie in der darauf folgenden Nacht wie ein Murmeltier. Den nächsten Tag fühlte sie sich sodann viel frischer und klappte selber die Fensterläden ihres Zimmers auf. Draußen war es schon hell und der Hahn war zu hören. Wahrscheinlich hatte sein Krähen sie geweckt. Das knarren ihrer Fensterläden, die sie doch vorsichtig aufgeklappt hatte, war gehört worden und Sybille kam in ihr Zimmer, "schön, daß es dir schon wieder besser geht, du kannst dich gleich waschen und zum Frühstück herunter kommen. Geoff hat schon gefrühstückt und das Bett im Boot für dich vorbereitet, damit du diesen Tag noch ruhst, wie es der Arzt vorgegeben hat. Lara machte sich fertig und merkte, daß bis auf eine frische Garnitur schon alles von Geoff zum Boot gebracht worden war. Sie wusch sich und zog sich an. Ein leichter Trainingsanzug lag dort für sie bereit, damit sie diesen wohl auch im Bootbett anbehalten konnte. Zum Frühstück gab es viel Obst, da Sybille meinte, daß man Vitamine bei Erkältungen bräuchte, was immer das sein sollte. Auf jeden Fall schien so etwas in dem Obst drin zu sein. Es machte ihr nichts aus, da sie gerne Obst aß, vor allem frische Äpfel, die knackig und süß waren. Sybille und Louis brachten Lara zum Boot und dort verabschiedeten sie sich voneinander. "Komm aber bald mal wieder riefen sie ihrer Enkelin zu." "Gerne, aber ich muß erst Mara fragen." Lara ging in ihr Bett und winkte durch das runde Bullauge des Schiffes noch einmal ihren Großeltern zu, die langsam in der Ferne entschwanden, während das Boot kraftvoll tuckerte und gegen den Strom nur mühsam voran kam. Eine riesige Bugwelle war nun zu sehen und Geoff mußte das Boot immer in die langsam strömenden Gebiete des Flusses lenken um schneller voran zu kommen. So war die Rückfahrt wesentlich länger als die Hinfahrt. Am Abend steuerte Geoff das Boot in eine der kleinen Buchten, in denen große Betonpfeiler mit Metallringen das Befestigen des Bootes ermöglichten. Sanft wiegte sich das Boot und das leise plätschern der Wellen war zu vernehmen. Lara setzte sich an den Tisch und unterhielt sich mit Geoff, der einen sehr zufriedenen Eindruck machte. Er schien wohl Käufer gefunden zu haben und auch mit den neuen Verträgen zufrieden zu sein. Bei der Hinfahrt hatte er immer davon gesprochen, aber mehr zu sich, da Lara dies nicht interessierte, sie aber froh war, wenn ihre Großeltern zufrieden waren. Vorne im Bug war ein weiterer kleiner Raum mit einem Notbett, in den Geoff zum Schlafen ging. So wurde Lara nicht durch sein Schnarchen geweckt und außerdem konnte Geoff in diesem Fall sich nicht so leicht bei seiner Enkelin anstecken. Im Moment hatte er mit der Ernte viel zu tun und war froh, wenn das Wetter und seine Gesundheit mitspielten. Das Scharren und Poltern in der zweiten Kammer im Bug war weithin zu hören und Lara wußte, daß er nun sein Bett richtete oder auch noch an seinem kleinen Schreibtisch Unterlagen prüfte und ausfüllte. Lara legte sich in ihrem Bett hin und sah einen klaren Sternhimmel durch das Bullauge. Da es draußen stockdunkel war, sahen die vielen Sterne mit ihrem Funkeln wie Diamanten aus. Die hellere Linie in der Mitte nannte Geoff die Milchstraße. Früher hatte sie sich gewundert wieso dort oben Milch transportiert werden würde. Später mußte sie herzlich lachen, als

Geoff ihe erklärte, daß die vielen kleinen aneinander gereihten Sterne so genannt werden, weil sie verschütteter Milch glichen. Ein heller Strich fuhr über den Horizont. "Ja, ich darf mir etwas wünschen .. das war eine Sternschnuppe," dachte sie und wußte im ersten Moment nicht was sie sich wünschen solle. "Ach ja, daß Geoff morgen wieder mit mir bastelt," so setzte sie ihre Gedanken fort. Nun nahm sie einen kleinen grünen Schimmer wahr. Es handelte sich um ein kleines Glühwürmchen. Je länger sie dort hinschaute, desto mehr wurden es. Ein ganzer Reigen wurde vor ihrem Fenster getanzt. Und es wurde immer heller und heller und plötzlich waren die Glühwürmchen nicht mehr zu sehen und sie stand im Garten des Prinzen, dem die Königskerze geholfen hatte. Auch hier war es Nacht, aber viele Kinder liefen hier mit Laternen durch den Garten und freuten sich. "Was ist denn hier los?" fragte Lara den Prinzen. "Wir feiern hier jedes Jahr den Geburtstag unseres Königs. Komm wir gehen auf den großen Platz." Er faßte Lara bei der Hand und schon waren sie auf dem großen Platz. Lara grüßte die Königskerze im Vorbei gehen und diese streichelte sanft mit einem Blatt ihre Hand. Auf der Mitte des Platzes waren allerlei Künstler und Akrobaten versammelt. Ein Tanzbär kam ihr ganz nahe und Lara wußte nicht, ob sie Angst haben sollte oder weglaufen. Da aber der Prinz keine Miene verzog blieb auch sie stehen. Als nächstes bekam sie einen Platz auf der eigens für diese Feier aufgebauten Ehrentribühne. Ein Riesenknall ließ alle nach oben blicken. "Oh, ein Feuerwerk riefen sie wie aus einem Munde. Wie ein sich öffnender Schirm rieselten silberne Feuerfunken wie Sternschnuppen über den Himmel. Der König stand auf und hielt eine Rede. "Meine lieben Bürger von Laundi, wieder einmal ist ein Jahr vergangen in welchem wir fleißig gearbeitet haben und genügend Arbeit und Brot für alle da war. Laßt uns darauf ein Glas Traubensaft trinken. Heute ist alles frei und jeder kann so viel essen und trinken wie er mag. In diesem Land gab es keinen Wein oder andere alkoholische Getränke, da die Königsfamilie dies nicht mochte. Oder lag es an Lara? Sie mochte nämlich auch nicht, wenn Menschen soviel tranken. Einmal hatte sie einen betrunkenen Mann in der Stadt erlebt der immer sinnloses Zeug redete und das erschreckte sie. Das Feuerwerk ging nach der Rede des Königs noch eine halbe Stunde weiter, Danach liefen sie zu einem großen offenen Boot, das von Ruderern bewegt wurde. Lara bekam einen Platz beim König vorne und sah die jubelnden Menschen, während das Boot sich langsam in Bewegung setzte. Lauter bunte Laternen wurden geschwenkt und sie wurde nicht müde zurück zu winken. Die Bürger sangen ein Lied, das Lara schon gehört hatte aber nicht zuordnen konnte. Dazwischen mischte sich öfter der Ruf: "Lang lebe unser König und wir gratulieren," es war eine sehr fröhliche Atmosphäre. Die Fahrt des Bootes wurde immer schneller und Lara hörte immer lauter die Ruderschläge, die sich bald wie ein Tuckern anhörten. Langsam verblaßten die Bilder und Lara merkte, daß sie tatsächlich ein Tuckern hörte. Geoff war an ihr vorbei geschlichen, hatte das Bullauge zugehängt und war langsam mit dem Boot losgefahren. "Guten Morgen Großvater," rief sie nach oben während sie die schweren Vorhänge an den Bullaugen beiseite zog. Draußen war schon heller Tag und sie sah das Ufer langsam vorbei ziehen. "Wir sind gleich bei der

Biberbucht," kam als Antwort von oben. Beim letzten Mal hatten sie beide den Nebenarm so genannt. "Es dauert noch eine halbe Stunde!" Lara freute sich und bereitete alles vor. Von der Erkältung war nichts mehr zu spüren und sie freute sich schon darauf bald wieder Zuhause zu sein. Nach dem Kräutertee und Vollkornbrot mit Butter und Honig, fuhren sie weiter. Ein kurzer Blick auf den Biberbau ließ nicht erkennen, ob dort schon jemand unterwegs war. Aber wahrscheinlich war Herr Biber schon wieder im Wald und auf der Nahrungssuche. "Vielleicht sehe ich ihn nächstes mal wieder," dachte Lara und legte sich vorne auf die Planken des Bootes, wo sie direkt in die rauschende Bugwelle blicken konnte. Das Heben und Senken des Bootes war hier besonders stark zu merken, aber gerade das liebte sie. Viele Fische sah Lara erschreckt beiseite huschen, als das Boot sich seinen Weg bahnte. "Wie es wohl heute den Wassergeistern geht?" dachte sie bei sich, aber heute bekam sie keine Antwort darauf. In der Ferne konnte man schon die heimischen Berge von Laras Tal sehen. Die Anlegestelle war schon zu sehen und Mara kam vom Haus herunter geeilt. Ihre Schürze flatterte ein wenig im Wind. "Hallo Ihr Beiden, seid ihr endlich zurück? Du machst aber Sachen Lara, wirst einfach krank," dabei lächelte sie und Lara wußte, daß sie jetzt noch eine Zeitlang von ihr verwöhnt werden würde. Das Boot stieß sacht an den Steg und der Großvater Geoff warf die Leine zu Mara herüber, die diese gleich mit einem Seemannsknoten befestigte. Sie machte dazu zwei gegenläufige Schlingen, die Geoff als Palsteg bezeichnete. Der Großvater war in seiner Jugend einmal zur See gefahren und hatte dort viele Dinge gelernt. Er sagte manchmal die Mara hätte ihn dort weggezaubert, dabei blinzelte er immer lächelnd zu Mara, die ihn dann gerne schubste und sagte, "du alter Schelm." Hallo Großmutter, was machen wir denn heute, kann ich wieder mit Geoff basteln?", sie wußte das Geoff doch immer sehr auf seine Frau hörte. "Mein Kind, laß uns doch erst mal in das Haus gehen und auspacken." Lara zog kräftig mit an dem Wagen, den Geoff gepackt hatte. Dieser lachte und setzte sie einfach auf den Wagen, den die beiden jetzt zum Haus zogen. Sie ließ sich auch gerne ziehen. Es war ein wenig wie im Winter wenn sie auf dem Schlitten gezogen wurde. Nur war statt des Knirschens der Kufen, das Rumpeln der Holz-Speichenräder zu vernehmen. Sie schloß die Augen und empfand das Schaukeln des Wagens, der Wind zupfte ein wenig an ihren Haaren und ab und zu hüpfte das Gefährt über einen Stein. Am Haus angekommen, sprang Lara sogleich vom Wagen und lief hinter das Haus. Die Großeltern luden alles ab und die Großmutter verstaute sogleich alle Sachen in den Schränken und Kommoden. Dann rief sie: "Lara komm ins Haus!" Die Enkelin hatte schon ein wenig auf ihrer Schaukel gesessen und das Gefühl des Schwebens genossen. Nun sprang sie herunter und lief zu Mara. "Du darfst noch nicht so lange draußen bleiben, da es heute auch sehr windig ist und du dich dann zu sehr unterkühlst. Dafür wird auch Geoff heute Nachmittag eine Stunde mit dir basteln." "Davon weiß ich ja gar nichts," protestierte Geoff mit einem freundlichen Gesicht. "Ihr beiden seid euch ja mal wieder einig, wenn es um mich geht was?" Natürlich machte er das gerne und so war es also beschlossene Sache. Nach einem Mittagsschlaf, den Lara meist halten mußte und Mara oftmals auch für ein kurzes Schläfchen auf der Couch nutzte, wachte sie auf und lief zum Fenster um zu sehen, ob Geoff schon im Schuppen wäre, denn man konnte von ihrem Fenster direkt in das Fenster des Schuppens hinein schauen. Aber dort war noch alles leer. Sie ließ die Augen schweifen und erblickte Geoff wie er am Boot halb in der Klappe, die zum Dieselmotor führt, steckte und dort irgend etwas machte oder kontrollierte. Später erklärte er ihr, dass er nach jeder Fahrt nach dem Ölstand schaute. Bisher dachte Lara, daß man Öl immer zum Braten benutzen könnte. Öl ist doch etwas ganz besonderes, dachte Lara nun. Später erklärte Geoff ihr, das man mit dem Öl für das Boot nicht Zucchini braten könnte, die sie doch so gerne aß, wenn diese schön braun und kroß angebraten waren. So in Gedanken versunken stand Lara am Fenster und schaute auf den Fluß und das Tal dahinter. Die Erlebnisse des Besuches bei Sybille und Louis fielen ihr ein und dass sie auch noch gerne mit der kleinen Kutsche, Louis und den Ponies in die Berge gefahren wäre. Letztes Jahr hatten sie diese Fahrt gemacht und auf einer großen Lichtung im Wald rasteten sie. Hier hatten sie Eichhörnchen gefüttert, die so zahm waren, daß sie fast bis auf die Hand kamen und dann die Körner und die Maiskolben in ihre kleinen Pfoten nahmen um sie fachmännisch abzuknabbern. Sie drehten die Kolben blitzschnell und zeigten ihre langen Vorderzähne, die Lara jetzt stark an die Biber erinnerten. Geoff sagte damals, daß es Nagetiere wären. Komisch Nagetiere, ich nage doch auch an einem Maiskolben und bin trotzdem kein Nagetier, oder doch? Durch ihre Erkältung waren sie dieses Jahr nicht zu dem Ausflug gekommen, wirklich schade. Aber vielleicht könnten sie

diesen Besuch ja in diesem Jahr wiederholen und ...
"Lara!" "Was ist denn Großmutter?" Erwiderte Lara. "Der
Arzt ist hier und will dich noch einmal sehen." Lara eilte
die Treppe herunter. Unten saß Dr. Sommer, der auch
die Großeltern immer regelmäßig untersuchte. "Hallo
Lara, wie geht es dir denn heute?" Begrüßte er das
Mädchen. "Mir geht es schon wieder gut," sagte Lara
und gab dem Arzt die Hand zur Begrüßung. "Dann laß
uns zur Sicherheit einmal den Puls Messen, und in den
Hals schauen." Das mochte Lara nicht so gerne, denn
sie mußte immer aaaah.. sagen solange Dr. Sommer
mit einer Art Holzlöffel die Zunge herunter drückte um in
ihren Hals schauen zu können. Aber heute ging es ganz
schnell und Dr. Sommer verschrieb nur einen Saft mit
der Bemerkung: "Es sieht wirklich schon sehr gut aus
Frau Sunshine, die Zunge und der Rachen sind nur
noch wenig belegt. Aber eine Woche muß sie diesen
Saft weiter nehmen." Das empfand Lara als nicht so
schlimm, denn dieser Saft schmeckte nicht so schlecht
wie der andere, den sie vor längerer Zeit mal nehmen
mußte. Damals war sie schwer krank gewesen, wußte
aber nicht mehr was es war, nur den bitteren Saft
erinnerte sie gut und die zwei Wochen die sie mit Fieber
im Bett lag. Ihre Eltern lebten zu diesem Zeitpunkt noch
und Anna saß sehr oft und lange an ihrem Bett. Ein
beklemmendes Gefühl überkam sie bei dem Gedanken
an ihre Mutter. Aber dann erinnerte sie sich an ihren
Traum und wußte, daß sie im Regenbogenland gut
aufgehoben war und Lara ab und zu dort sehen konnte.
"Du darfst jetzt zu Geoff gehen," sagte die Großmutter
zu Lara gewandt. Das Mädchen sprang auf und eilte zu
dem Schuppen.

Das Modell der Mühle

Lara riß die Tür auf und stand vor dem Modell. Beim letzten Basteln, hatten sie die Schindeln des Mühlendaches befestigt. Nun nahm Lara ihre kleine Gießkanne die unter dem Fenster stand. Das Fenster hatte ein Holzkreuz und die Sonnenstrahlen fielen ein. Der Staub, den Lara aufgewirbelt hatte, konnte man im Licht tanzen sehen. Sie goß nun ein wenig Wasser in einen kleinen Trichter hinter dem Modell. Langsam plätscherte das Wasser durch kleine Rinnen hindurch und zum Schluß auf das Mühlrad, welches sich leise klappernd zu drehen begann.
"Hoho, du fängst ja schon ohne mich an," ertönte Geoffs Stimme von der Türe her. "Nun wollen wir mal sehen, was wir heute machen können." Die Mühle selber war fertig, ebenso der kleine Flußzulauf, der über den kleinen Trichter gespeist wurde. Alles war auf einer großen Holzplatte befestigt, die auf der flußabwärts gerichteten Seite noch leer war. "Was machen wir denn hier?" fragte der Großvater. Er hatte einen großen Plan an der Wand befestigt, der die Grundlage der Mühle war. So konnten die beiden wirklich jedes Teil maßstabsgetreu nachbauen und wenn Lara ihren Kopf tief auf das Modell hielt, hatte sie immer das Gefühl wirklich in der Mühle zu sein. Die Platte hatte an der Unterseite kleine Keile, damit durch die Schräge das Wasser wirklich herunterfließen konnte.
"Ich weiß was wir auf der anderen Seite machen können!" Lara bekam ganz rote Wangen und beschrieb dem Großvater die Brücke und den Fluß, sowie den kleinen See ihres Traumlandes Laundi, in dem die Königskerze blühte. Der Großvater malte eifrig Skizzen

und Lara korrigierte mindestens zehn – bis elf Mal. Dann war sie zufrieden und der Großvater suchte im Hintergrund der Hütte Baumaterial in seiner Holzkiste. Die kleine gebogene Brücke war sein erstes Werk und Lara schraubte und klebte mit fliegenden Fingern die Teile zusammen. "Nun haben meine Traumwelt des Landes Laundi und unsere Mühle eine Verbindung," murmelte Lara und hielt die Brücke ungefähr an die Position, wohin sie nach ihrer Meinung gehörte. Geoff hatte in der Zwischenzeit kleine Tannenbäume aus einer Kiste geholt, in der er immer vorgefertigte Teile aufbewahrte. Er schlug mit einem Stift kleine Löcher in das Holz, in welche die Enkelin nun die Bäume steckte, die sie vorher mit Leim bestrichen hatte. Ein kleiner See entstand. "So Lara, nun müssen wir einen kleinen Staudamm bauen. Hier wird das Wasser aus dem Trichter, das von der Mühle kommt, wieder aufgefangen. Dieses kannst du dann wieder in den Trichter gießen. Später bauen wir eine kleine Pumpe hinein und dann kann das Wasser von selbst im Kreis fließen und wir stellen dann dieses Modell auf die überdachte Terrasse, wo du es immer betrachten kannst."
Geoff setzte sich zurück und begann an einem kleinen Holzstück zu schnitzen. "Was wird denn das, Großvater?" "Ein paar Enten, der Teich kann doch nicht leer bleiben!" "Das ist eine gute Idee, bitte bastle auch ein kleines Boot, damit ich dann auf dem See fahren kann, wenn wir mal hiermit spielen." "Wird gemacht, meine Kleine," war die prompte Antwort. Den Staudamm zauberte Geoff auch aus seiner großen Kiste. Sorgfältig isolierte er alle Teile und den Staudamm mit einer wasserfesten Farbe. "Du willst

doch nicht, daß alles naß wird oder das Wasser überall hinfließt," hatte er dazu bemerkt. Nun war alles so weit fertig und Geoff ging ins Haupthaus hinüber, während Lara mit dem Modell spielte, Wasser nachgoß und zusah, wie die kleine Holzente hin und her schwamm. Die Mühle klapperte und Lara setzte sich auf ihrem Lehnstuhl so, daß der See und die Mühle genau in ihrer Augenhöhe waren.
"Es ist schön, daß du uns eine Mühle gebaut hast," hörte sie eine bekannte Stimme flüstern. Es war der Prinz, der ihr von der anderen Seite her zuwinkte. Lara winkte zurück und holte den Prinzen mit dem kleinen Boot ab, während eine geschäftig quakende und vorlaute Ente neben ihnen schwamm. "Quack, quack, ich will aber nicht immer allein auf dem See sein", quakte sie zu den beiden im Boot. "Das kann ich verstehen," meinte der Prinz und eröffnete Lara, daß er nun eine Prinzessin gefunden hatte. Bald würde die Hochzeit sein und Lara sei natürlich auch eingeladen. Diese war ganz stolz, daß sie bei diesem Ereignis dabei sein durfte. Sie erreichten die Mühle und Lara erklärte dem Prinzen, wozu diese gut sei und wie man dort Mehl mahlen und später dieses im Steinofen zu Brot backen konnte. Auch daß nach dem Mahlen die Verarbeitung wegen der Lebensenergie schnell erfolgen sollte, vergaß sie nicht zu erwähnen. Der Prinz nahm sie schnell in den Arm und bedankte sich. "Ich glaube, deine Welt ruft nach dir," bemerkte er und fuhr mit dem Boot wieder auf die andere Seite des Sees. Lara drehte sich um und die Mühle wurde immer kleiner und sie bemerkte die Lehne des Stuhles unter ihrem Kinn. Schnell stand sie auf, blickte noch einmal auf das Modell und bemerkte im Hinausgehen: "Jetzt habe ich

meine eigene kleine Mühle, obwohl die große natürlich schöner ist. Ich hoffe wir fahren dort bald mal wieder hin." Sie eilte über die schöne bunte Blumenwiese zu dem Haus, blickte kurz auf der Terrasse herum mit der Absicht, einen zukünftigen Platz für ihre Modell der Mühle zu finden. "Ich bin schon da," rief sie ins Haus. "Du brauchst doch gar nicht so rennen," sagte Geoff. "Die Großmutter läßt sich noch von Dr. Sommer untersuchen, das dauert bestimmt noch zwanzig Minuten."

Auf der Suche

Während Lara und Geoff in der Küche auf die Großmutter warteten, verging einige Zeit. Die Beiden spielten "Mensch ärger dich nicht," was eines der Lieblingsspiele von Lara war. "Na Lara, mogelst du ab und zu?" ertönte die Stimme von Dr. Sommer, der eben in die Küche kam, gefolgt von der Großmutter. "Also, Frau Sunshine, es handelt sich um so etwas wie ein Ekzem an ihrem Bein. Ich verschreibe ihnen erst einmal eine Creme, die sie dann jeden Morgen und Abend auf ihr Bein auftragen." Freundlich blickte Doktor Sommer über seinen Brillenrand auf die Großmutter. "Ich mogele nicht," ließ sich nun Lara vernehmen. "Das Spiel bringt doch sonst auch keinen Spaß. Wollen sie nicht auch mal mitspielen?" "Gerne würde ich dies tun, aber mein nächster Patient wartet und ich muß mich eilen um rechtzeitig dazusein. Aber vielleicht ein anderes Mal, wenn ich euch wieder in der Mühle besuche." Doktor Sommer kam gerne in seiner Freizeit zu der Mühle, da Geoff und er alte Freunde waren, die sich schon von der Schulzeit her kannten und auch gerne an der Mühle angelten. Nur machte ihnen Lara wegen den gefangenen Fischen oft einen Strich durch die Rechnung. Wir wissen ja, daß sie hartnäckig sein konnte was Tiere anbelangt. Und irgendwie liebten die alten Männer dieses kleine unbekümmerte Mädchen so sehr, daß sie sich immer wieder erweichen und den Fischen die Freiheit ließen. Lara hatte mitbekommen, daß die Großmutter mit ihrer Haut ähnliche Probleme hatte wie der Prinz in Laundi. So war es also nicht zu verwundern, daß das kleine Mädchen sich nun vornahm nach einer Königskerze zu suchen. Da sie nicht genau wußte, wie so eine Pflanze aussieht, bat sie Geoff, der eine große Bibliothek hatte, in einem Lexikon zu suchen und ihr eben diese Blume zu zeigen. "Es ist schon seltsam, die Blume sieht tatsächlich aus, wie jene die ich in Laundi sah!" Der Großvater widersprach in diesen Dingen seiner Enkeltochter nicht. Er mochte ihre Phantasie und auch die Fähigkeit Dinge sehen zu können, die andere Menschen nicht sahen.

Als er selber ein kleiner Junge war, nahm niemand diese Dinge ernst und so verblaßte bei ihm bald diese Welt der Phantasie von der er heute ahnte, daß es mehr gibt, als das was man sehen kann. Heute ging Lara in ihr Zimmer ohne aufgefordert worden zu sein. Die beiden Großeltern guckten sich erstaunt an, als sie ein Knarren der Treppenstufen zu Laras Zimmer hörten und diese sich schnell wusch und im Bett verschwand. Sie hatte sich vorgenommen schnell zu schlafen, damit sie morgen um so schneller auf die Suche nach der Pflanze gehen konnte. Als sie im Bett lag, fielen ihr die Augen zu und sie ging in das Land der Träume. Dort suchte sie schon einmal in Wäldern und Wiesen nach dieser Pflanze. Ganz verzweifelt blickte sie sich um und konnte keine Königskerze entdecken. In der Zwischenzeit kam Mara mit ihrem Märchenbuch unter dem Arm leise in das Zimmer des Mädchens. Ein gleichmäßiges Atmen zeigte ihr, daß Lara schon fest schlief und so schaltete sie leise das Licht aus und verließ das Zimmer. In der Zwischenzeit suchte Lara schon den Bachlauf ab und konnte auch hier nicht die Pflanze finden. Ein kleiner Hase tauchte neben ihr auf: "Was suchst du denn? Ich hoffe du frißt mir nicht das beste Gras weg," "Ich esse kein Gras," erwiderte Lara "und außerdem fresse ich nicht, sondern esse! "Also doch mein gutes grünes Gras," jammerte nun der Hase und legte verzweifelt eines seiner langen Ohren zur Seite und das andere nach hinten. Dies sah lustig aus, da er dabei aufgeregt schnupperte und mit der Schnauze zuckte. "Aber nicht doch lieber Hase, dieses Gras holen wir nicht aus dem Wald, sondern von einer Wiese, die wir extra dafür bepflanzt haben. Und außerdem, hast du uns nicht letztes Jahr ein paar Salatköpfe stibitzt die Mara im Beet hinten für uns anpflanzte?" "Ja du hast recht, das war ich," murmelte der Hase jetzt ganz verlegen. "Du darfst nun ein wenig Gras nehmen." "Ich nehme gar nichts von deinem Gras. Du kannst es ruhig in deinem Wald weiter sammeln. Was ich suche ist eine sehr große Blume, die man Königskerze nennt und die so groß wie ein Mensch werden kann. Sie hat sehr schöne gelbe Blühten, wenn sie blüht. Aber ich suche hier überall vergebens." "Die Blume habe ich gesehen. Sie wächst gerne am Wegrand und liebt helle Plätze. Den Berg ein Stückchen hoch ist ein kleines Hochplateau, dort habe ich welche gesehen." Und nun entschuldige mich, muß weiter, habe eine Verabredung mit einer Cousine die mich zum Essen eingeladen hat." Bevor Lara etwas erwidern konnte, war der Hase schon am Rande des Waldes und ein, zwei, drei darin verschwunden. "Laß mal wieder von dir hören," rief sie ihm hinterher. "Aber gewiß doch, hörte sie noch seine Antwort aus dem Dickicht." Während sie weiter über den Weg nachdachte, landete eine Fliege genau auf ihrer Nasenspitze. Das kitzelt ja entsetzlich und so wurde Lara wach. Die Erlebnisse mit dem Hasen standen noch groß in ihrer Erinnerung und so konnte sie es gar nicht erwarten aufzustehen. Sie spitzte die Ohren, ob sie etwas aus dem Schlafzimmer von Mara und Geoff hören konnte. Nur das Schnarchen von Geoff war zu hören als sie Ohr gegen die Tür hielt. Ob der Großvater schon immer so laut schnarchte, hatte sie einmal die Großmutter gefragt. Diese sagte daraufhin, "Nein in der Jugend nicht und man gewöhnt sich an viele Dinge. Im Gegenteil, wenn er einmal aufhört zu schnarchen oder ihr unterwegs seid zu Louis und Sybille, werde ich manchmal wach, da irgend etwas fehlt." "Mir würde das Schnarchen nicht fehlen," und mein Mann dürfte das nicht. "Werde erst einmal älter und man sagt verliebte Menschen tragen eine rosarote Brille." "Ich werde nie so eine Brille tragen, aber was hat eine Brille damit zu tun. Die ist doch zum gucken und nicht zum hören!" "Ach das ist so eine Redensart Lara, natürlich habe ich keine rosarote Brille. Die Redensart heißt nur, dass bestimmte Farben einen eigenen Einfluß auf den Menschen haben und die Welt ihm dann wärmer oder kälter vorkommt." All dies ging Lara durch den Kopf, während sie auf dem Hocker stand und sich die Zähne putzte. Nicht das sie nicht an das Waschbecken angekommen wäre, aber man konnte so besser in den Spiegel sehen und Grimassen schneiden. Dies fand Lara immer besonders lustig. Sie stellte sich dann vor, mal diese und mal jene Rolle zu spielen. So ein Schauspieler hat es gut, er lebt mal in diesem und mal in jenem Film. Was Lara, wie alle Zwillinge, Mara sagte sie sei im Zeichen Zwillinge geboren, nicht leiden konnte, war Langeweile. Aber das geht wahrscheinlich vielen Kindern so und was Lara bei den Tieren sah, die frisch auf der Welt waren, war auch Unternehmungslust und Spieltrieb, der im stundenlangen Balgen endete. Aber Raufen mochte Lara sich nicht, selbst wenn manche Kinder in der Schule einmal garstig zu ihr waren. Vor lauter Faxen machen und Träumen hatte Lara gar nicht bemerkt, daß die Großeltern aufgestanden waren und Mara schon lächelnd hinter ihr stand. Nun wurde Lara ganz verlegen, denn zugucken ließ sie sich nicht so gerne, wenn sie herumalberte wie die Erwachsenen dies nannten. "Mach ruhig weiter," ermunterte Mara ihre Enkelin, "Es ist gut, wenn man sein Gesicht bewegt. Es ist wie Gymnastik für den Körper." Mara rieb sich das rechte Bein ein und Lara sah die rote Stelle auf dem Bein. "Ja das juckt sehr", meinte Mara zu dem Mädchen gewandt. "Ich habe das schon länger, aber man weiß nicht, ob die Creme helfen wird." "Ich suche dir die Königskerze, platzte Lara heraus." "Die Pflanze aus dem Märchen, Lara?" "Ja, gleich nach dem Frühstück werde ich diese suchen. "Weißt du denn überhaupt wie diese aussieht?" "Ja, Geoff hat mir gestern in einem Buch ein Bild gezeigt!" "So. so" ertönte nun eine Stimme aus dem Hintergrund, "du plauderst ja schon wieder unsere Geheimnisse aus." "Nein das tue ich nicht!" Lara erhob ein wenig die Stimme. "Ganz die Mutter," lachte Geoff, "es ist doch gar nicht so gemeint, ich wollte dich nur ein wenig necken!" Aber der obere Wald ist alleine zu gefährlich, ich werde dich begleiten," "oh das ist ja toll." Lara hing schon am Hals ihres Großvaters, der sich kaum der stürmischen Enkelin erwehren konnte. Lara hatte es wieder geschafft, das kleine dunkle Wölkchen, welches die Erinnerung an seine Anna auslöste zu vertreiben und den Großvater fröhlich zu stimmen. Also packte der Großvater nach dem Frühstück seinen Rucksack, nahm eine Flasche mit Wasser, die er am Gürtel befestigen konnte und suchte nach seinem Wanderstab. "Dass die Großeltern manchmal so vergeßlich sind," dachte Lara, "oft muß ich der Großmutter sagen wo ihre Brille ist oder der Großvater nun seinen Wanderstab gelassen hat. Er brachte ihn letztes mal in den Schuppen wo er noch einige Schnitzereien daran vollendete und so stand der Stock im Schuppen vor der Werkbank. "Er steht vor der Werkbank," rief sie deshalb Geoff zu. Der guckte erst einmal verdutzt, dann hellte sich sein Gesicht auf und er klopfte mit der Hand gegen die Stirn. "Ach ja, das hatte ich ganz vergessen." Da Lara in Eile war, hatte sie sehr schnell reagiert. Normalerweise liebte sie es zu warten, bis die Großeltern sie fragten und sie langsam, wie ein Ratespiel mit den Örtlichkeiten herausrückte. Nun liefen sie ein Stück an dem hohen Schilf entlang, wo es immer so herrlich rauschte. Nach ca. 1 Stunde Fußweg zweigte der Weg vom Fluß ab und führte in den Wald hinein. Jetzt wurde Lara klar, warum der Großvater auch ein Körbchen in dem Rucksack hatte. Der ganze Wald war hier voll mit Blaubeeren. Lara fing sofort mit sammeln an, wobei das meiste erst mal in ihrem Mund verschwand. "He, Mara soll uns Konfitüre davon machen," prustete er, "du hast ja schon einen ganz blauen Mund," "bleiben dann überhaupt noch ein paar zum mitnehmen übrig?" Lara hörte gar nicht richtig zu, so eifrig war sie am sammeln. Und sie kannte ja auch die lustige Art von Geoff, denn er hatte ja schon etliche nicht in den Korb getan. Seine Zunge war ganz blau. Innerhalb von eineinhalb Stunden war der Korb randvoll. "So Lara, du siehst hier keine Königskerze, ich bin oft hier in diesem Wald und müßte diese schon entdeckt haben!" "Siehst du dort oben das kleine Hochplateau? Es sieht ganz so aus wie der Hase es zeigte. Laß uns dort hoch gehen." Geoff guckte ganz kritisch und sah auch die Kletterpartie, die damit verbunden wäre. Gefährlich sah es nicht aus, aber sehr mühsam. Da der Hang gut einzusehen war und er Probleme mit seiner Kondition hatte um seiner Enkelin zu folgen, schlug er ihr vor, sie solle auf dem sichtbaren Teil hochsteigen, er würde ihr dann zugucken. Er wußte, daß seine Enkelin kletterte wie eine Gemse und er immer lange unter Kreuzschmerzen zu leiden hätte, falls er mithalten wollte. Deshalb sauste Lara nun davon wie ein Wirbelwind, die Mahnungen des Großvaters überhörend. Nach der Hälfte des Aufstieges wurde sie von selber etwas langsamer, denn auch sie merkte die Steigung. Sie drehte sich um und sah den Großvater als kleine Gestalt neben dem vollen Korb mit den Heidelbeeren stehen. Sie winkte ihm zu und er hob hastig die Hand zum Gruß. Geoff setzte sich und trank einen Schluck Wasser aus der Flasche am Gürtel. Er kam schon bei dem Gedanken ins Schwitzen, wenn er seine Enkelin den Berg hochklettern sah. Nach ca. fünfzehn Minuten erreichte Lara den Rand des Hochplateaus. Sie blickte über den Rand und sah einen erschreckten Hasen davon hoppeln." "Du wolltest wohl sehen, ob ich wirklich hier den Berg zum Plateau hoch klettere!" rief sie ihm zu, denn sie glaubte den Hasen aus ihrem Traum zu sehen. Dieser sauste aber schnell den Abhang herunter und verschwand im Tal. Der kann aber schnell rennen, dachte das Mädchen. Nun drehte sie den Kopf und ein erstauntes "OHHH" entrann ihrer Kehle. Vor ihr war ein kleiner See, der durch eine lustig sprudelnde Quelle, gespeist wurde. Diese war hinten im Felsen und so lief das Wasser direkt in den kleinen See. Lara rannte um den See zu dieser Quelle und blieb plötzlich, wie angewurzelt stehen. Drei wunderschöne, hohe Königskerzen standen dort und herum waren lauter kleine Ablegen zu sehen. "Hier versteckt ihr euch rief sie den Blumen zu!" Diese neigten sich leicht im Winde, was wie ein Kopfnicken wirkte. Aber nun hatte Lara erst einmal Durst und vollendete den Weg um den See zur Quelle. Sie hielt ihre Hand unter das klare, sprudelnde Naß, formte eine Schüssel und trank in großen Zügen, wobei sie sich wunderte wie kalt und doch erfrischend das Wasser war. Nun ging sie zu den Königskerzen zurück: "Meine Lieben, ich benötige ein paar eurer herrlichen Blätter für meine Großmutter Mara, die so eine entsetzlich juckende Stelle am Bein hat, bitte seid mir nicht bös." Sie blickte auf die erste Königskerze. und bemerkte ein Flimmern um die Pflanzen. Sie nahm etwas wie kleine Farbpartikel wahr. Es sah wunderschön aus. Wie eine Hülle lag es um die Pflanze. Sie dachte an die Elfen ihres Traumes. War dies ihr Zeichen? "Lara Kind, nimm mit geschwind, sei so flüchtig wie der Wind. Gerne helfen wir dir nun, mußt es doch alleine tun." Hatte sie dies eben gehört, oder war es das Rauschen des Windes gewesen. Lara pflückte langsam und behutsam ein paar Blätter am unteren Teil der Königskerzen. Es müssen so etwa 10-12 große Blätter gewesen sein. Geoff traute seinen Augen kaum, als er die Enkelin mit ihrer kostbaren Last den Berg herunter kommen sah. Er ging ihr ein paar Schritte entgegen, weil er nicht wollte, daß sie abgelenkt durch die vielen Blätter noch ins stolpern kam. Es sah aber schwerer aus als es war. Nachdem alles im Rucksack verstaut war, fragte Geoff: "Nun mein Kleines hast du gar keinen Durst?" "Aber nein," plauderte Lara munter drauflos. Dort oben ist ein See und eine Quelle. Geoff war sehr verwundert, da dies nicht bekannt war. Der See hatte wohl irgendeinen unterirdischen Ablauf, denn es kam kein Tropfen Wasser den Berg herunter geflossen. Aber seine Enkelin hatte schon öfter recht mit ihren Ahnungen gehabt, wie auch mit ihrem "Hasentraum" der mit der Behauptung endete, daß dort oben Königskerzen wachsen würden. Geoff sagte:" Nach der Blüte der Pflanze werden wir ein paar Samen sammeln und später beim Haus einpflanzen. Ganz begeistert klatschte Lara in die Hände. „Oh ja, dann hat Oma ihre Medizin direkt am Haus.

Der Rückweg kam den Beiden viel kürzer vor als der Hinweg, oder war es die aufgeregte Lara die für einen schnelleren Schritt sorgte? Auf jeden Fall waren sie in Null Komma nichts wieder zurück am Bauernhaus. Mara freute sich sehr über die Heidelbeeren. Aber weit mehr über die Königskerze. "Meine kleine Lara, es ist wie ein Wunder." Sie schaute dabei ganz stolz auf ihre Enkelin, die tatsächlich diese Pflanze gefunden hatte. Vier große Blätter nahm die Großmutter in die Küche und machte damit einen Wickel um das Bein. Die Großmutter hatte Erfahrung wie man die Blätter anwärmt und dann mit einem Handtuch um das Bein bindet. Sie machte diese Wickel um beide Beine. Lara fragte:" Wieso wickelst du beide Beine?" "Der Mensch muß immer auf beiden Seiten gleich behandelt werden. Die Schwäche des einen Teils ist versteckt auch im anderen." Lara wußte, das ihre Großmutter oft recht hatte. Sie wußte sehr viel über Pflanzen und sagte oft, dass Pflanzen Gottes Apotheke für den Menschen seien. So hatte sie auch ein kleines Kästchen mit Glasfläschchen, die mit Wasser gefüllt waren. Diese seien mit der Information einer Pflanze angereichert,

Bachblüten nannte sie diese. Auch Lara mußte davon schon einmal eine Zeitlang nehmen als sie krank war. Es werden zwei Tropfen unter die Zunge getropft. Unter die Zunge, warum nicht gleich schlucken? Aber die Großmutter wird schon wissen, was richtig ist. Als am nächsten Tag Doktor Sommer wieder vorbei kam, war er ganz erstaunt, daß die Rötung des Beines fast weg war und das Jucken aufgehört hatte. Großmutter erwähnte mit keinem Wort die Königskerze und so schwieg Lara auch. Am Abend wiederholten sie noch einmal den Wickel. Von den restlichen Tropfen machte Geoff so etwas wie eine Lösung zum Einreiben, oder sagte er Tee ? Lara war sich nicht mehr ganz sicher. Auf jeden Fall genoß sie die herrliche Heidelbeer Konfitüre, die Großmutter aus den gesammelten Beeren gemacht hatte. "Iß nicht soviel davon, es gibt doch gleich Abendbrot. Heute habe ich dir Zucchini vorbereitet, die mit Olivenöl angebraten werden." "Mein Lieblingsessen," verkündete Lara und stellte gleich die Konfitüre wieder weg, von der sie ein wenig auf einer Scheibe Brot probiert hatte.

Die Lotus Blume

Das Abendessen war beendet und Lara lag schon wieder einmal in ihrem Bett und wartete. Leise öffnete sich die Tür und Geoff kam hereingeschlichen. Wahrscheinlich hatte er gehofft, daß seine Enkelin wie gestern schon schlafen würde, aber zwei wache Augen blickten ihn an: "Geoff, du bist doch heute mit vorlesen dran." "Ich wollte nur sicher gehen, dass ich dich nicht wecke," sagte er mit einem schelmischen Lächeln. Lara setzte sich schnell im Bett auf, denn einschlafen wollte sie auf keinen Fall, wenn Geoff eine Geschichte vorlas. Also blätterte der Opa heute in einem Buch mit festem Einband, der mit rotem Stoff bezogen war. Dieses sind Geschichten des Lebens sagte er. Auf dem Umschlag stand in goldener Schrift: "Von den Engeln für das Leben". Es gibt eine besondere Blume, diese heißt Lotus Blume und hat viele besondere Eigenschaften. Am Anfang gab Gott den ersten Wesen, die er schuf zwei besondere Dinge mit. Dies war der Samen der Göttlichkeit, die jeder Mensch in seinem Herzen trägt und die Knospe einer Blume: jedem Menschen gab er einen Kuß auf den Kopf, als Zeichen seiner Verbundenheit zu Ihnen. Dann säte er genau solch eine Blume, auf der Erde und dieerste wunderschöne Lotusblume schwamm im Wasser des Leben und entfaltete sich. Ein großes "Oh" und "Ah" der Bewunderung ertönte aus den Reihen der Engel, die den Schöpfungsvorgang voller Liebe und Ehrfurcht mitansahen. Die Menschen sahen die Blume und bewunderten die Schönheit und Vielfalt ihrer Blütenblätter. Das Wasser perlte von ihren grünen Blättern. Die Blume grüßte und verband in ihrer

Schönheit den Himmel über ihr und das Lebenselexier Wasser unter ihr. Die ersten Menschen, die Gutes taten, spürten in ihren Herzen eine Leichtigkeit und eine zunehmende Klarheit in ihrem Kopf. Darunter war auch ein kleiner Hirtenjunge, der gerade ein kleines Schäfchen aus einer tiefen Grube befreit hatte. Hierzu war er selber mit in die Grube gesprungen und hatte mit seiner Hände Arbeit, seitlich einen Tunnel gegraben aus dem er und das Schäfchen wieder nach oben kamen. Der Vater, ein alter weiser Schäfer namens Santua, legte seinem Sohn Wodin, den er schon verloren geglaubt hatte, seine Hände zum Segen auf. Da sah er im Wasser des Sees, wie auf seinem Kopf sich eine wunderschöne Blume entfaltete und darüber eine weiße Taube davon flog. Dem Vater liefen die Tränen über das Gesicht liefen. Er sagte, "Mein Leben lang habe ich versucht so viel Gutes zu tun, um das erleben zu dürfen. Nun erlebe ich es durch dich mein Sohn." Der kleine Knabe wußte nicht, was der Vater meinte, aber er behielt die Gabe, das Licht der Wahrheit auf diese Welt bringen zu dürfen. Noch lange Jahre nach dem Tode seines Vaters, erkannte er Dinge, lange bevor sie geschahen. Er „sah", wann eines Menschen Zeit gekommen war, ins Regenbogenland zu gehen. So konnte er auch seinen Vater auf seine Reise dorthin vorbereiten. Er berichtete seinem Vater viel über das Leben in der anderen Welt und den Weg dorthin, denn er konnte oft auf diese andere Seite schauen. Darüber dachte er nun nach. Ihm war klar, daß es nicht die Worte eines Menschen sind, die das Licht auf die Welt bringen, sondern das helle Licht, das er als Gabe weiter geben durfte, wenn er es verdient hatte. Dieses Licht ist die Kraft der Liebe. Sie steckt in Taten und Worten, wenn sie durch den Kanal den Gott schafft, zur Erde. Dies wird aufgenommen durch die wunderschöne, sich auf dem Kopf entfaltete Lotusblume. Wodin erzählte diese Begebenheit seiner Tochter Anama, die mit leuchtenden Augen lauschte. "Warum sehe ich denn nicht diese Blume?" "Nicht jeder Mensch sieht sie, aber dein Gefühl, das aus dem Herzen kommt, nimmt es wahr. Du Anama, wirst einmal eine große Lehrerin sein und im Alter diese Blume entfalten können. Laß dich nicht durch die Menschen, welche oft sehr kalt wirken, von diesem Wege ablenken. Alle Engel des Regenbogenlandes werden eines Tages sich auf der Erde wiedererkennen und im Lichte der Erkenntnis ihre Lotusblume öffnen." "Aber ich kann das noch nicht sehen wie du!" "Sei nicht ungeduldig. Nicht allein das Sehen ist das Wichtige, es ist eine Gabe die man erhält, wenn es angemessen ist." Wodin wurde zum Lenker des ganzen Stammes gewählt und er hielt sein Leben lang weisen Ratschluß. Er ließ auch Taten folgen, wenn es um die Belange seines Volkes und Fragen einzelner Schäfer und Bauern ging. Nie hat er die Lotusblume verloren. Und als Dank für sein gutes Leben durfte er diese Blume sogar mit in das Regenbogenland nehmen, wo sie heute noch sein Berater und seine Verbindung zum Höchsten ist.

Geoff schlug langsam das Buch zu. "Habe ich auch so eine Lotusblume?" fragte Lara sofort ihren Großvater. "Ja, und sie ist sogar schon ein wenig offen, denn denk einmal daran, wie du ab und zu unser Naturreich und das Regenbogenland sehen darfst!" "Kannst du auch das Regenbogenland sehen?" "Erinnerst du dich noch an meine Geschichte als ich vor dem großen Lichttor, dem Eingang zum Regenbogenland stand?" "Ja, Ja," siehst du, das ist, wenn Menschen durch Krankheit oder Unfall ganz kurz mal die andere Welt sehen dürfen und die Lotusblume sich für einen Moment öffnet." "Wenn alle Menschen ihre Lotusblume offen hätten wäre es doch viel schöner!" "Da hast du recht Lara, viele gute Menschen wünschen sich das. Aber nun wird es Zeit, Mara wartet auf mich, denn sie wollte noch Tee mit mir trinken und du mußt ein wenig schlafen. "Ich werde auch meine Lotusblume suchen," mumelte Lara.

Der große Brunnen

Lara befand sich auf einmal auf einer großen Blumenwiese. Die Sonne schien und alles kam ihr sehr ruhig vor. Sehr schnell merkte sie, daß sie in der Nähe des Pavillons war, in dem sie die Lichtgestalt sehen durfte. Barfuß eilte sie über die Wiese zu dem Pavillon. Dort sah sie eine große Tür auf der "Engel Lara" geschrieben stand. Neugierig blieb sie davor stehen. Sie drückte die Klinke der schweren, eisenbeschlagenen Holztür, die ihr sehr alt und mindestens 3 Meter hoch vorkam. Ein leises Lachen erklang hinter ihr. Erstaunt blickte Lara hinter sich, ein kleines blaues Glockenblümchen schaukelte im Wind und flüsterte. "Du mußt dir wünschen, daß die Tür sich öffnet. Dazu gehört ein reines Herz," "Warum denn," fragte das Mädchen erstaunt. "Viele Menschen wollten schon die Entwicklung ihrer Lotusblume sehen, aber nicht allen wird es erlaubt." "Wen muß ich denn fragen?" "Eigentlich nur dein inneres Licht, das dich führt und behütet." "Oh, das werde ich tun." Lara stellte sich wieder vor die Tür, strengte sich ganz stark an und wünschte oder besser gesagt flüsterte leise vor sich hin: "Liebes inneres Licht, darf ich die Türe öffnen?" Ein Flimmern erschien neben ihr und die blaue Lichtgestalt, welche sie an der Quelle schon einmal sah, erschien vor ihr. "Hast du ein ganz reines Herz mein Kind?" "Mhh, meistens schon," erwiderte sie zögernd. "Du bist ehrlich und deshalb darfst du mal ganz kurz in den Raum hinein gehen," entgegnete die schöne Frau. Lara lief sofort wieder zu der schweren Tür und betätigte die Klinke. Diese ließ sich auf einmal ganz leicht herunter drücken, während im Hintergrund das

Glockenblümchen leise kicherte. Ein großer Raum erschien vor Laras Augen. In der Mitte des Raumes sah sie einen großen Brunnen mit einer halbgeöffneten Blume, die in herrlich silber und gold schimmerndem Wasser schwamm. Eben entfaltete sie wieder ein neues Blatt in ihrer Mitten. Ein starker Lichtstrahl fiel von der Decke auf die Blume und erleuchtete den ganzen Raum. Ein leises plätschern von Wasser war zu vernehmen und der ganze Raum hatte etwas frisches, wie Frühlingsluft, die leicht um Lara wehte. Staunend blickte sie nach oben, aber die Decke war so hoch, das sie diese nicht erkennen konnte. "Eigenartig, murmelte sie vor sich hin, von außen sah der Pavillon gar nicht so hoch aus." "Willkommen Lara im Raum deines Herzens," ertönte nun eine sehr freundliche, leise Stimme. "Ich kann doch nicht in meinem Herzen stehen," meinte das Mädchen. "Im Regenbogenland ist alles möglich, du hast doch schon richtig bemerkt, das die Decke im Pavillon höher ist, als der Pavillon von außen. So ist dir auch hier vieles möglich, was in der Welt der Smokey Mountains nicht geht. "Das ist aber toll. Kann ich auch meine Mühle hierher bringen und vergrößern?" Wieder ertönte ein glockenhelles Lachen. "Natürlich ginge dies hier. Aber was wolltest du hier mit der Mühle und du bist doch auch selten hier zu Besuch. Die Mühle stünde ja dann die ganze Zeit leer." "Du hast recht, ich will ja auf der Terrasse mit meiner Mühle spielen." Lara blickte noch einmal auf die schöne leuchtende Lotusblume, die in der Mitte golden, an den Blütenblättern weiß und an den umschließenden Blättern herrlich grün schimmerte. Sie drehte sich um, da ihr einfiel, daß sie nur kurz hier verweilen durfte. Vor der Tür sah sie die kleine Glockenblume und bedankte sich für ihre Hilfe. Dann eilte sie schwebend zu dem Waldrand in der Ferne, da sie jetzt wieder Nachhause gehen wollte. An einer Weggabelung in dem schönen hellen Buchenwald sah sie ein Schild, auf dem geschrieben stand: "Zu den Smokey Mountains," "Ja, dahin will ich," murmelte sie und eilte weiter. Eine große Lichtung erschien und Lara öffnete immer mehr die Augen und erkannte, daß sie von ihrem Bett direkt durch das offene Fenster auf die Flußgabelung schaute, aus der ein Weg aus dem Buchenwald kam. "Hoppla, bin ich direkt von dort hierher geflogen?" Sie dachte noch einmal an die schöne Blume und ging ins Badezimmer, während sie herzhaft gähnte und sich den Schlaf aus den Augen wischte. Nachdem sie sich angezogen hatte, schlich sie auf leisen Sohlen nach unten. Aber die Großeltern waren wirklich Frühaufsteher, man konnte sie niemals überraschen. Heute wollte Lara doch schnell einmal den Tisch decken. Das mache ich ein anderes mal, dachte sie während die beiden am Tisch sie freundlich anblickten. "Hast du Lust heute noch einmal mit Geoff zu dem Hochplateau zu gehen?" fragte Mara ihre Enkelin. "Oh ja, nun kann ich Geoff einmal den kleinen See zeigen." Sie dachte an die guten Heidelbeeren und den kleinen See. "Ich habe mir gedacht, daß man ein paar von den kleinen Pflanzen ausgraben könnte und dann schneller Königskerzen in unserem Garten wachsen könnten," bemerkte die Großmutter. Und so machte sich Geoff nach dem Essen wieder zum Aufbruch fertig. Dieses mal nahm er neben dem Rucksack noch ein anderes, kleines Körbchen mit, in das die Pflänzchen gelegt werden sollten.

Wieder auf dem Hochplateau

Nach einer Stunde Fußmarsch erreichten Geoff und seine Enkelin wieder den Berg, auf dessen halber Höhe das Hochplateau zu erkennen war. "Heute werde ich den Hang auch hinauf steigen," sagte Geoff zu seiner Enkelin. "Ich gehe auch langsamer," meinte Lara verschmitzt und begann ruhig bergauf zu klettern. Dieses mal konnten sie durch den Wald gehen. Die Sonne schien gleißend zwischen den Tannenzweigen hindurch und der starke Duft nach Tannen und Harz erfüllte den Wald. Ein paar Pilze sahen die beiden beim Berg besteigen und der Großvater sammelte einige davon. Auf einem gefallenen Baum machten sie eine kurze Pause für Geoff. Lara war in Gedanken schon wieder oben auf dem schönen Plateau. Ein Rascheln in den Zweigen kündigte einen Besuch an. Vor ihnen tauchte ein zierliches, rotes Eichhörnchen auf, das sich bettelnd vor sie setzte, da es mitbekommen hatte, daß Brot ausgepackt wurde. Lara brach sofort ein Stückchen Brot ab und warf es dem Tierchen zu. "Gib ihm nicht zu viel," sagte Geoff, "es darf nicht verlernen sich selber zu ernähren. Viele Menschen machen das falsch und so kommen die Tiere in die Abhängigkeit zu den Menschen." Lara blickte ihren Großvater erstaunt an und nickte. Aber dann war sie schon wieder abgelenkt von einem wunderschönen Graureiher, der majestätisch über ihnen einen Kreis zog und auf dem Plateau verschwand. Geoff packte wieder alles zusammen.Weiter kauend marschierte er los, während Lara hinter ihm her kletterte. Es dauerte nicht mehr lange und Geoff erreichte das Hochplateau. "Was ist das schön hier," rief er aus. Der See funkelte vor seinen

Augen. Am entgegengesetzten Ende stand der Graureiher im Wasser wie eine Statue. Lara überlegte ob irgendein Zauber ihn bewegungslos gemacht haben könnte als sie dies gegenüber ihrem Großvater erwähnte. Dieser lachte leise in sich hinein und schaute sie vergnügt an. "Diese Haltung behält er nur so lange bei, bis er ein lohnendes Objekt sieht, welches er mit seinem langen Schnabel fangen kann. Dann sollst du mal sehen wie schnell er sich bewegen kann. Lara deutete mit ihrem Arm in den hinteren, rechten Bereich des Sees um Geoff auf die dort stehenden Königskerzen aufmerksam zu machen. Sie gingen durch knietiefes Gras um den kleinen See herum zu den Königskerzen. Nun konnte Geoff auch die kleine Quelle sehen und blieb erstaunt davor stehen. Er schöpfte von dem klaren Naß in die hohle Hand und nahm einen kräftigen Schluck. So ein klares frisches Wasser habe ich schon lange nicht mehr getrunken sagte er nach den ersten Schlucken. Gleich darau füllte er seine mitgebrachte Flasche. Lara saß schon mit einem kleinen Schäufelchen bei den Königskerzen und grub die ersten aus. "Ihr kommt nur mit zu uns und braucht keine Angst zu haben," flüsterte sie zu den kleinen Pflänzchen. Nachdem sie 12 Pflänzchen ausgegraben hatten hörten sie auf. Sie setzten sich in das hohe Gras daneben und blickten über den See, ins Tal, in Richtung zu dem Bauernhaus. "Das sind Anblicke Lara, die einem immer in der Erinnerung bleiben. Das trifft natürlich auch auf dieses kleine Hochplateau zu. Eine blaue Libelle jagte hinter einer anderen her. Sie kamen Lara ganz nahe, so dass sie sich kurz duckte. "He paßt auf," rief sie ihnen nach, freute sich aber über die so schön schillernden

Tierchen. Heute erschien ihr nicht die schöne Lichtgestalt, obwohl sie das Gefühl hatte, sie wäre da. Ein Fischlein hüpfte in der Mitte aus dem See und Lara staunte, "wie ist denn der Fisch in den See gekommen?" fragte sie Geoff. "Wenn einige Tiere wie zum Beispiel Enten in anderen Gewässern gründeln, haben sie ein paar Fischeier mit in ihrem Schnabel, die sie dann verlieren wenn sie hier weiter im Wasser gründeln und auf dem Grund nach Pflanzen und Tierchen schnappen." Lara guckte ganz genau auf den Graureiher ob sie ein paar Fischeier in dessen Schnabel sehen könnte. Dieser stand weiterhin wie eine Statue und nahm keine Notiz von den Beiden. Aber sie konnte nichts erkennen. Ein leichter Windstoß bog die hohen Gräser mit den schönen braunen Kolben daran. Das Mädchen legte sich direkt an die hohen Gräser und schaute auf den Himmel. Ein paar Wolken zogen aufgebauscht und weiß langsam weiter. Ab und zu wurden sie durch das schwankende Gras bedeckt. Der nächste Windstoß erinnerte Lara an das Erlebnis mit den Wolken und dem Wind, bei dem sie die wunderschöne Mühle sehen durfte. Aus dem Augenwinkel sah sie, daß Geoff sich auch an einen Baumstamm gelehnt hatte und die Augen schloß. "Hier oben ist so eine wunderbare Luft," dachte sie. "Das hängt auch mit den Gedanken der Menschen zusammen," hörte sie leise Flüstern: "Mit den Gedanken?" "Ja nicht nur," hörte sie aus der Richtung der Quelle die Stimme. "Je höher die Berge sind, desto näher seid ihr den Naturgeistern und Elfen. Natürlich gibt es die auch im Tal, aber es ist so, dass sie dort nicht gehört werden können. Ihre Sprache entspricht den Gedanken der Menschen. Und wenn so viele von ihnen denken, hört man nicht so leicht die Gedanken der Naturgeister." Lara blickte angestrengt in Richtung der Stimme, sie bemerkte, daß eine der großen Königskerzen zu ihr sprach. "Nein, ich bin es. Etwas wie ein kleines Wesen huschte zu der nächsten Pflanze und sah das Mädchen an. Auf einmal erkannte sie ein wunderschönes kleines Wesen in einem Pflanzenkleid, welches kicherte, als es bemerkte, daß Lara es entdeckt hatte. Ja, wir Elfen können unsere Gestalt wandeln. Ich passe mein Kleid der jeweiligen Pflanze an. Sei bitte vorsichtig mit den kleinen Babys der Königskerze. Die großen Pflanzen wußten schon vorher, daß ihr die kleinen Ableger mitnehmen würdet und sie haben die Saat mit Freude gemacht. Du Lara bist ihnen von dem letzten Besuch bekannt und sie haben dich in ihr Herz geschlossen. Sie sagten mir, du sollst die kleinen Pflanzen hell aber nicht zu sonnig pflanzen." "Darf ich dich mal anfassen?" fragte Lara. "Öffne die Hand aber halte mich nicht, ich bin sehr kitzlig und empfindlich. Das Mädchen öffnete die Hand und das Wesen schwebte auf ihre Hand. Zart wie ein Federhauch empfand Lara die Berührung. Ein leichtes Kribbeln floß durch ihren ganzen Körper. Die Elfe hatte sich wie eine kleine Katze gelegt und ein wenig gerollt. Nun hatte sie ein kleines blaues Glockenblumenhütchen auf dem Kopf und Kleeblattmuster auf dem Körper. Die Schuhe sahen aus, wie von Bucheckern gemacht. Die Elfe kicherte und lachte die ganze Zeit. Auch Lara wurde es ganz fröhlich ums Herz. "Es war schön dir zu begegnen," flüsterte das Elfchen, "aber nun muß ich weiter, denn ich habe meine Aufgaben bei den Blumen zu erfüllen. Nur einen Wunsch habe ich noch: Hebe deine Hand und gib mir einen Schwung." Die Kleine gab der Elfe einen Schwung und ... huiiii war das lustige Wesen wie eine Sternschnuppe im Wald verschwunden. Der Großvater der sich gerade streckte, guckte erstaunt in den Wald und über die Wiese. "Ich hatte das Gefühl hier wäre etwas an mir vorbei gehuscht. Mein Schlaf war wohl zu tief!" Lara schmunzelte verstohlen, da sie ja wußte was passiert war. "Hier sind ja wirklich so viele Libellen, aber diese Grüne war ja besonders schnell." Lara wollte die Geschichte nicht erzählen, da sie gerade einen dicken Fisch in dem Teich gesehen hatte. Er schwamm ruhig am Grunde entlang. Auch der Großvater hatte ihn erblickt. "Das ist eine Forelle Lara," rief er in ihre Richtung. "Der wird nicht geangelt!" erwiderte Lara gleich streng. Der Großvater lächelte und entgenete lachend: "Natürlich nicht. Vielleicht ist es sogar die einzige." Sie packten alles zusammen und gingen flotten Schrittes wieder zurück zum Bauernhof. Lara + Mara pflanzten die kleinen Ableger zusammen an der richtigen Stelle ein. "So meine kleinen, wachst bitte so schön wie die Königskerze in dem Märchen. Ich werde euch immer pflegen und für Wasser sorgen, wenn es einmal nicht regnet. Auch habe ich nun Freundinnen am Fenster, denen ich all meine Erlebnisse erzählen kann." Mara lächelte und strich Lara sanft übers Haar. "Ja das Leben ist schön und wir können viel von dir lernen Lara." Damit beendete sie ihre Gartenarbeit und gingen wieder ins Haus zurück. Lara würde noch lange an diese schönen Tage und Ereignisse denken. Sie saß am Fenster und blickte auf die kleinen Pflänzchen, als wolle sie diese wachsen sehen und stellte sie sich an zwei Meter groß vor.

Der Ameisenstaat

Wieder einmal lag Lara in ihrem Bett und wartete. Wie immer hörte sie das Knarren der Treppenstufen zu ihrem Zimmer. Da es lauter war, wußte sie, dass Geoff heute mit dem Märchenbuch unterm Arm zu ihr kam. Der Großvater setzte sich gemächlich auf den Sessel, den sie extra für diesen Zweck hier aufgestellt hatte. Auch Lara setzte sich, wenn sie lesen wollte, auf diesen Stuhl. Es ging zwar noch recht langsam, aber seit sie in der Schule mit dem Lesen lernen begonnen hatten, war sie eifrig bei der Sache und ihren Klassenkameraden weit voraus. Der Großvater blätterte in seinem Buch, fand schließlich eine Geschichte und begann: "Des Königs Pflanze," sofort wurde er von Laras fröhlichem Geplapper unterbrochen, "Das ist eine sehr schöne Geschichte, aber die hat Großmutter schon erzählt!" "Na dann hoffe ich, wir finden nun ein Märchen, das du nicht kennst." Im Haus war es jetzt sehr still. Die Standuhr im Flur unten begann zu schlagen und Lara lauschte dem Glockenspiel, während das Rascheln der Seiten an ihr Ohr klang. Der Großvater hielt inne. " Der kleine Staat." Geoff schaute Lara forschend an, "Nun?" "Nein die Geschichte kenne ich nicht." Während ihr Opa zu lesen begann, legte Lara sich nieder und betrachtete ihn ausgiebig. Sie drehte den Kopf, so das es so aussah, als ob die Unterlippe die Oberlippe wäre. Dies sah immer so lustig aus. Auch bei der Großmutter hatte Lara dies gerne schon so gemacht. Der Großvater begann nun wieder zu lesen:
"Der kleine Ameisenstaat. In einem kleinen Staat wurde ein Baby geboren. Nur kam dieses Baby aus einem Ei und war von den Arbeiterinnen gepflegt worden.

"Willkommen mein Kleines, sei in unserem Staat willkommen," sagte die Königin. Sie hatte in ihrem Leben nur die Aufgabe Eier zu legen, aus denen ihr kleines Volk zu einem großen Volk wurde. Eine Arbeiterin kam heran und fütterte die Kleine, die sich Rosa nannte. Diese setzte sich nun satter zurück und dachte, daß dies ein herrliches Leben sei. "Nein mein kleiner Faulenzer, auch du mußt jetzt mit dem nächsten Trupp in die Welt ziehen. Wir haben zwei große Aufgaben. Die erste ist für das Überleben unseres Volkes zu sorgen und die zweite, den Wald sauber zu halten. "Och, ich möchte aber viel lieber spielen." "Möchtest du denn verhungern?" bemerkte die Königin freundlich. "Wenn alle so dächten, würden wir alle hier sitzen und uns freuen, aber dann würden wir verhungern. Der große Geist würde traurig seinen Wald betrachten und die Naturgeister würden uns sagen: "Der Wald wird immer unordentlicher und niemand schafft den Müll weg!" "Du hast wohl recht, sagte Rosa." "Hab ich recht gehört? Ein neues Mitglied unserer Gruppe? Sei willkommen Rosa und komm gleicht mit, mein Name ist Hubert und ich zeige den jungen Arbeiterinnen ihre Aufgabe und die Welt da draußen. Dort muß man sehr aufpassen. Es gibt so viel Arbeit die man erst finden muß." Und so marschierten sie los in Richtung Wald. Der Riesenbau, den viele fleißige Füßchen geschaffen hatten, mußte als erstes überwunden werden, bevor sie auf dem weichen Waldboden landeten. Hier lagen überall die Tannennadeln aus denen der Riesenbau erstellt worden war. "Der Balken ist ja zehnmal größer als ich," jammerte Rosa sofort los, als Hubert ihr bedeutete einen zu fassen und zum Bau zurück zu tragen. "Paß auf, so macht man das!" Hubert faßte eine Tannennadel im ersten Drittel und hob diese an. Er schwang sie ein paarmal hin und her und setzte sie wieder ab. "So, jetzt du," meinte er zu Rosa gewandt. "Au weih, der ist viel zu schwer," pustete sie, als sie das eine Ende ein wenig gehoben hatte. "Gut meine Kleine, ich nehme die andere Seite. Aber beim nächsten Weg fängst du selber mit einem kleinen Tannenbalken an." Und so trugen die Beiden den Tannenbalken zu dem großen Bau und flochten ihn oben an der Spitze ein. "Das hast du gut gemacht," hörte Rosa eine Stimme in ihrem Kopf. "Wer bist du?" fragte sie die Stimme. "Ich bin die Königin und habe eine Verbindung zu allen Angehörigen meines Stammes. Mit mir existiert jede von euch." "Wenn du mal nicht mehr bist, was wird dann aus uns?" Ein glockenhelles Lachen ertönte und die Königin meinte: "Ich werde noch lange leben mein Kleines. Falls ich in das Regenbogenland der Ameisen gehe, kommen alle mit mir mit. Wir sind eine Gruppe und gehören zusammen." Nun gab Rosa sich sehr viel Mühe und schaffte es beim dritten Weg schon, alleine eine Tannennadel zu tragen. Am Abend trafen sich alle Ameisen in ihrem Staat und Hubert meinte zu Rosa: "Du hast sehr viel geleistet mein Kleines. Nicht alle schaffen gleich soviel wie du am ersten Tag. Wir lieben dich alle und ernennen dich jetzt zur Arbeiterin unseres Staates, was hier ein hoher Titel ist. Ich zeige dir jetzt deine kleine Kammer, die du dir verdient hast. Hier wirst du jeden Abend schlafen und es ist dein Zimmer." Rosa war überglücklich und schlief zufrieden ein, während sie dachte: ""Ob alle Lebewesen auf diesem Planeten ihre Aufgabe kennen?" "Ja mein Schatz, aber viele fühlen es nur vage, wie zum Beispiel die Menschen. Nun schlaf schnell, damit du frische Kräfte für den nächsten Tag sammeln kannst!" "Gute Nacht," murmelte Rosa, während sie langsam einschlief und noch einmal an die schöne bunte Welt mit all ihren Wundern dachte. "Ist Großmutter denn unsere Königin?" fragte Lara nun am Ende der Geschichte. Der Großvater schüttelte sich vor Lachen. "Nein Lara, bei den Menschen ist das anders, aber das erkläre ich dir morgen beim Frühstück. Schlaf gut mein Kleines und träume wieder etwas schönes. Geoff ging wieder nach unten und half der Großmutter mit einigen kleinen Reparaturen an den Küchenschränken, die schon länger klemmten. Lara schmiegte sich in und lauschte Opas leisem Klopfen am Küchenschrank. Draußen rüttelte der Wind sacht an den Fensterläden, als ob er noch einmal auf sich aufmerksam machen wollte. Ein wenig Licht schimmerte unter dem Türspalt zum Flur durch. Ob Ameisen auch so etwas wie eine Schule haben? Das gucke ich mir morgen gleich an, falls der Großvater sich bereit erklärt, mit ihr in den Wald zu gehen. Aber vielleicht geht ja auch die Großmutter mit, da sie schon lange nicht mehr zum Kräuter und Beeren sammeln unterwegs war. Mit diesen Gedanken im Kopf schlief sie allmählich ein. Am nächsten Morgen wurde Lara von einem Hahnenschrei wach, sie wischte sich die Augen, setzte sich langsam im Bett auf und dachte immer noch an die Königin. Mit einem Ruck sprang sie aus dem Bett und lief zum Fenster. Langsam öffnete sie die Läden und sah auf den Fluß. Ein Schlauch hing im Wasser und Lara nahm wahr, daß Großvater die Pumpe laufen ließ. Er befüllte den Anhänger mit dem großen Tank darauf. Später würde er diesen zu den Widen ziehen, damit die Schafe weiter oben auf den Weiden dann etwas zu trinken hätten. Schnell machte sie sich im Badezimmer fertig, zog die von der Großmutter am Abend zurecht gelegtenKleider an und hopste die Treppe hinunter, direkt in die Küche. "Was möchtest du denn heute trinken, Lara?" Wurde sie gleich in der Küche empfangen. Normalerweise trank Lara gerne Pfefferminz Tee, aber heute war ihr mehr nach anderem. "Bitte mach mir einen Kakao," antwortete sie deshalb. "Aber gern meine kleine Prinzessin," erwiderte nun die am Herd stehende Großmutter. "Aha, ich hab's doch gewußt. Dann bist du doch die Königin!" Trällerte Lara nun vergnügt. "Das ist ein guter Scherz. Meinst du eine Königin arbeitet in der Küche?" Darüber hatte Lara jedoch gar nicht nachgedacht. Natürlich war Großmutter keine Königin, denn sonst hätte sie ja viel Personal, welche die Hausarbeiten machen würden. "Großvater hat mir gestern abend die Geschichte von dem Ameisenstamm erzählt und der hatte eine Königin, die sogar Gedanken lesen und sich so unterhalten kann. Sie sorgt für die Kinder, tust du das denn nicht auch?" "Ja, aber deshalb bin ich doch keine Königin. Aber weißt du Lara, ein Ameisenstamm hängt sehr von seiner Königin ab. Wenn sie stirbt, stirbt der ganze Stamm." "Und die gehen dann alle in ihr Regenbogenland?" "Genau so ist es, meine Kleine." "Dann hat der Großvater ja doch recht." Damit war die Neugierde unser kleinen Lara zunächst einmal befriedigt. Mara wußte aber, daß es nicht lange dauern würde, bis neue Fragen kämen. Es gab ja noch so vieles für Lara zu ergründen.

Wieder bei dem Baum

Wie ein Sausewind brauste Lara die kleine knarrende Holztreppe der Veranda herunter. Fröhlich und frei hüpfte sie in großen Sprüngen über die bunte Blumenwiese. Der Wind strich lauwarm durch ihr im Wind flatterndes Haar. Die Sonne wärmte ihr den Rücken. "Ob wir bald mal wieder zu Oma Sybille und Opa Louis fahren dachte sie, während sie in einem hohen Bogen über einen Maulwurfshügel sprang. Heute würde sie keine Geduld haben, auf der Lauer zu liegen und so einen Hügel zu betrachten. Vor kurzem konnte sie beobachten wie nach etwa einer halben Stunde ein neuer Hügel entstand. Schnell schob sie die Erde beiseite und konnte gerade noch so einen kleinen Kerl erwischen, der erst einmal ein wenig zappelte und sich dann sich tot stellte. Das Fell war ganz samtig und glatt und sie konnte es in beide Richtungen streicheln. Es war nicht wie bei der Katze nur nach einer Seite gebogen, sondern schien gar keine Richtung zu haben wie Großmutter sagte. "Ich habe Angst," signalisierte das kleine Wesen. "Ich tue dir nicht weh," erwiderte Lara in Gedanken und setzte den kleinen Kerl ganz behutsam wieder vor sein Loch. "Mein Leben ist graben und im dunkeln leben," schien der kleine Kerl zu sagen. "Aber unter der Erde gibt es genug Nahrung für mich, kleine Würmer und Engerlinge. „Ich bin noch recht klein, kann aber bis zu siebzehn cm lang werden. Meine schaufelförmigen Vorderfüße dienen mir zum graben, damit ich unter der Erde schnell weiter komme. Du hast wirklich sehr ruhig gelegen, sonst hätte ich die Erschütterungen bemerkt. Hab Dank, das du mich wieder an meiner Wohnungstür absetzt." Schnell flitzte der Maulwurf in sein Loch und war rasch wie der Wind verschwunden. Ein blaues Leuchten ließ Lara vermuten wer da zu ihr gesprochen hatte. Lara kam nun am Ende der Wiese an und betrat einen der Waldwege die hier begannen und in verschiedene Richtungen führten. Die Wege waren zu schmal für Autos und selten kamen mal Wanderer und Naturliebhaber diesen Weg entlang. Der Großvater streute ab und zu die Pfade mit frischem Kies, um die durch den Regen entstehenden Löcher zu begradigen. Dies fand natürlich besonders Lara toll, da sie die Großmutter ab und an mit dem Fahrrad zum nächsten Ort begleiten durfte, um Kleinigkeiten zu besorgen. "Ich glaube sie will mehr mit den Leuten und ihren alten Freunden schwatzen," dachte Lara öfter wenn sie mit ihrem kleinen Fahrrad hinterher fuhr. So pflegte auch sie ihre Kontakte und besuchte meist ihre Freundin Susanne beim Bäcker. Dieser bezog auch sein Mehl aus der Mühle des Großvaters. Er hatte Maschinen, die das Mehl zum Teig kneteten. Aber die Art, wie die Großmutter selber den Teig knetete, gefiel ihr besser. Über all dies dachte Lara nach, während sie den Waldweg entlang hüpfte. Nach ein paar hundert Metern bog sie direkt in den Tannenwald ein, dessen Stämme dicht beieinander standen und den Wald ein wenig dunkler machten. Dies störte Lara aber gar nicht. Tief sog sie die Luft ein. Es roch nach Pilzen. "Das werde ich am Abend gleich dem Großvater erzählen," murmelte sie und blickte angestrengt auf den Boden, um zwischen all dem schönen grünen Moos und den herrlich duftenden Tannennadeln einen Pilz entdecken zu können. Es dauerte auch gar nicht lange und unter einem kleinen Hügel, den der Pilz durch sein Wachsen erzeugt hatte, sah sie einen kleinen braunen Kopf.

Vorsichtig schob sie die Nadeln auf dem Boden beiseite und erblickte eine kleine Marone. Die gelbe Schwammschicht unterhalb des Kopfes war sehr gut zu erkennen, da in diesem Moment ein kleiner Sonnenstrahl durch die Tannen auf diesen Pilz fiel. "Vielen Dank liebe Sonne," bemerkte Lara. Die Sonne, so sagten die Großeltern, ist unser Lebensspender auf der Erde. Doch schon sauste sie weiter durch den Wald, dem kleinen Teich im Buchenwald entgegen. 2-3 Minuten später wurde der Wald wieder ganz hell und die Tannen machten den Buchen und einigen Eichen Platz. Als Lara den Rand ihres kleinen Teiches erreichte, setzte sie sich auf den kleinen mit Gras bewachsenen Hügel und schaute über das etwas höhere Schilfgras am Rande des Teiches. Seine Oberfläche kräuselte sich leicht unter einem Windstoß und das kreischen einiger Waldvögel drang an ihr Ohr. Es war ein sehr schöner, warmer Tag. Lara blickte einigen bunten Libellen zu. Eine besonders schöne große blaue, erinnerte sie an einen Hubschrauber, den sie vor längerer Zeit einmal gesehen hatten. Sie blieb genauso wie dieser in der Luft stehen und erzeugte ein leichtes brummen. Nicht so laut wie die dicken Hummeln, die ab und zu an ihrem Ohr vorbei flogen, aber doch hörbar. Und dann entfernten sie sich auch wieder blitzschnell. Es muß doch schön sein, fliegen zu können und die Welt von oben zu sehen. "Auch ich kann die Welt von oben sehen, Lara," Das Kind freute sich, aber die Stimme ihres Baumgeistes, die sie noch vom Besuch her kannte. Denk mal darüber nach, ein Baum bewegt sich scheinbar nicht, jedenfalls nicht für den Menschen sichtbar. Unser langsames strecken und drehen seht ihr nicht. Aber wir bewegen uns in unserem

Rhythmus, wie die Menschen in ihrem. Ihr lauft und bewegt euch für uns rasend schnell. Morgens begrüßen wir die Sonne und drehen unsere Blätter zu ihr hin und abends schauen wir ihr hinterher. Wir wundern uns über die Unrast der Menschen und der Tiere der Welt, die immer alles so schnell machen müssen. Aber wir wissen, daß ihr das müßt, denn stell dir einmal vor, du würdest dich so langsam wie ich bewegen. Dann wärst du erst in vielen Jahren wieder zuhause." Der Baum schüttelte sich leicht, was bei ihm ein kräftiges Lachen bedeutete. Oder war es der Freund Wind, der ihm mal wieder durch die Haare fegte? Lara konnte es nicht sagen. Aber sie versuchte sich gerade vorzustellen, wie der Baum auf sie herunter sah. Da mußte sie ja ganz klein wirken. "Du darfst dich nicht täuschen lassen Lara, nicht was klein wirkt, ist klein. Die körperliche Länge ist nicht so wichtig. Aber das weißt du ja." Lara legte sich auf den Rücken und blickte durch die Äste des Baumes auf den blauen Himmel dahinter. Die Blätter der Buche bildeten eine im Licht der Sonne wackelnde und funkelnde Kulisse und erinnerten Lara an das Blinken der Sterne bei Nacht. Sanft hoben und senkten sich die Äste, während der Wind sein Lied sang. "Lara hörst du uns? Wir singen das Lied des Lebens, wir kommen von weit her. Eben waren wir noch in südlichen Ländern mit großen dir unbekannten Blumen und Pflanzen und schon sind wir hier in deinem Wald. Hörst du unser Lied? Wir singen für die Freude des Lebens. Wir können auch der Sturm sein, wenn wir etwas ausgleichen müssen. Der Druck der Luft, die Wärme der Sonne, der Rauch von Fabrikschornsteinen und die Abgase der Autos müssen ausgeglichen werden." "Sei nicht so laut, Wind, flüsterte der Geist des Baumes und guckte in Richtung Lara. Diese hatte die Augen geschlossen und blinzelte nur ab und an nach oben. Die Libellen hatten sich in kleine Elfen verwandelt und diese flogen geschäftig zwischen den Blumen hin und her. Eine kam zu Lara und flüsterte ihr zu: "Siehst du Lara, die Dinge sehen verschieden aus. Mal sind wir Erdenwesen, mal Regenbogenwesen. Die Elfe nahm Lara an die Hand und schon flogen sie über die Bäume hinweg in das Elfenland. Hier war ein buntes und geschäftiges Treiben. Licht wurde in Glockenblumenkelchen hin und her transportiert und an einer besonderen Stelle gesammelt. "Ich brauche mehr," hörte Lara die Stimme eines kleines gelben Butterblümchens, welches im Schatten eines Baumes ihr Dasein fristete. Schnell nahm eine kleine grüne Elfe namens Lucia, die Lara freundlich zublinzelte, ein vollen Glockenblumenkelch und schleppte diesen unter großem Stöhnen zu der Butterblume. Als sie den Kelch über die Butterblume goß, begann diese zu funkeln und zu leuchten. Nun fehlt mir nur noch Wasser sagte sie mit einer dankbaren Verbeugung vor der kleinen Elfe, die pustend im Gras saß. Als die Elfe wieder ein wenig Luft geschnappt hatte, kam sie zu Lara und sagte, "siehst du, so funktioniert unser Hilfsdienst." Die kleine Elfe war ganz stolz, denn sie kam gerade neu von der Elfenschule. Dort hatte sie gelernt, was in der Welt wichtig und welche Aufgabe sie hat. Jede Elfe konnte dann entsprechend ihrer Eigenschaften eine Tätigkeit wählen. Es gibt viel zu tun im Elfenstaat. "Ich kann leider kein Wasser zu der Blume bringen, kannst du das tun Lara?" "Aber gerne Lucia," meinte Lara. Lucia flog auf Lara zu und kitzelte sie mit einem Strohhalm an der Nase. Lara blickte erschreckt auf und bemerkte, daß sie wieder in ihrer Welt war und ein kleiner Marienkäfer davonflog. "Hab Dank kleiner Käfer," murmelte sie und war sicher, daß die Elfe nur schnell diese Gestalt angenommen hatte. Sie blickte sich um und sah tatsächlich in einer kleinen Mulde ein Butterblümchen stehen, welches ein wenig trocken wirkte. Sie wuchs unter dem Blätterdach eines Baumes und bekam wohl auch bei Regen wenig Wasser ab. Lara setzte sich auf, gähnte und reckte sich. Dann sprang sie hoch und lief an den Teich. Sie sah im Spiegelbild der Wasseroberfläche des Wassers ihre herab wallenden Haare und den Himmel darüber. Die Welt sieht hier doppelt aus. Als sie die zu einem Kelch geformten Hände hinein tauchte, spürte sie die Kühle des Wassers und wie ein wenig von diesem kostbaren Naß an ihren Fingern herunterlief. Ein schönes erfrischendes Gefühl dachte sie, während sie zu dem Butterblümchen ging. Zwar war die Hälfte des Wassers unterwegs wieder durch ihre Finger geronnen, aber der Rest genügte noch für so ein kleines Blümchen. Als sie das Wasser an das Blümchen goß, rauschte der Wind durch die Äste der Bäume als wolle er sich bedanken und Lara dachte an ihre Freundin die Wolke. Sie ging zu ihrem alten Bekannten dem Baum und umarmte ihn zum Abschied. Wieder spührte sie ein leichtes Rieseln im Körper als sie die rauhe Rinde anfasste und sie genoss den Duft nach Baum und Harz. Diesen Duft hatte sie auch immer morgens in der Nase, wenn die Großmutter ihr Fenster öffnete, falls Lara einmal länger schlief. Sie drehte sich um und sah abschließend auf das kleine Butterblümchen, das ihr jetzt schon viel frischer vorkam und kräftiger in sattem Gelb und Grün leuchtete. "Auf Wiedersehen meine Kleine," rief sie dem Blümchen zu, während sie schon auf dem Rückweg war. Der Tannenwald kam ihr viel kleiner vor als sie den Weg zurück lief. In der Ferne hörte sie das Klingen der Triangel, welche auf der Terrasse hing und das die Großmutter immer benutzte, wenn sie nicht wußte wo ihre Lieben waren. So teilte sie immer mit, daß alle nach Hause kommen sollten. Die im Dreieck gebogene Metallstange, hing an einem Band an der Veranda und hatte einen sehr schönen Klang. Wenn Lara den Großvater rufen sollte, durfte sie immer die Dreiangel schlagen, was bei ihr immer besonders lange dauerte, da sie noch eine ganze Weile dem Klang und Echo vom großen Wald lauschte.

So endet unsere erste Erzählung der kleinen Lara. Aber natürlich gehen ihre Erlebnisse und Geschichten immer weiter, aber dies sollte der Inhalt eines anderen Buches sein.

Schlußwort
(Von Dr. Marianne Meyer)

Ich wünsche allen Kindern auf Erden, dass sie Eltern oder Großeltern haben, die mit ihnen tagträumen, Wolkengesichter suchen und viel Zeit zum Zuhören haben.

Nur wenn Kinder, so wie Lara, viel Zeit zum Trödeln haben, können sie aus sich schöpfen, um das zu werden, was sie sind,

Laras Großeltern erkennen den großen Schatz, den ihre Enkelin in sich trägt. Schauen wir auf den Schatz, den alle Kinder bergen. Lassen wir uns auf ihn ein, begreifen wir ihn:

So können wir von den Kindern lernen.

Anmerkungen

Alle Beschreibungen von Pflanzen, Heilverfahren usw. entsprechen der Phantasie der Geschichte und sollten unter allen Umständen nicht ohne Rat eines Arztes oder entsprechenden Fachmannes angewandt werden.